徐悲鸿《漓江春雨图》

　　春雨中的漓江，比平时更加柔润、明丽、清灵，令人耳目一新，正如石评梅在《烟霞余影》中所言：唯自然可美化一切，可净化一切。

徐悲鸿《为谁张目》

徐悲鸿爱猫，他画的最多的动物是马，其次就是猫。猫与人类的故事有很多，鲁彦的《父亲的玳瑁》写了父亲最爱的猫"玳瑁"对父亲的依恋；郑振铎的《猫》则写了家中曾养过三只猫的悲欢。作为人类的伴侣，猫的故事总是如此牵动人心。

徐悲鸿《秋蝉图》

　　鸣虫的作响，是最天然的交响乐。郑振铎先生在《蝉与纺织娘》中说，假如你坐在窗边，享受独处的时光，在时间的流逝和静默中，你一定会听到蝉的奏乐。

徐悲鸿《木棉花》

　　王统照在《生命的价值与价格》中说："在人生的平衡上称量生命的分量，判分价目之不同，似是公正交易的办法，但可惜没有定准。"正因如此，我们应该自强不息，赋予生命独特的价值，就像徐悲鸿笔下的木棉花一样，开得绚烂，落得潇洒。

徐悲鸿《柳枝麻雀》

陆蠡笔下的小麻雀,是轻佻的、躁急喜功的,但是在徐悲鸿的画笔下,小麻雀倒是可爱玲珑:三只灵巧俏丽的小麻雀停在柳枝上,两只距离近些的像在窃窃私语,另外一只则不知在想些什么。万物有灵,麻雀也有属于它们的世界吧。

徐悲鸿《群乐图》

"生活不是很容易的事。动物那样的,自然地简易地生活,是其一法;把生活当作一种艺术,微妙地美地生活,又是一法:二者之外别无道路,有之则是禽兽之下的乱调的生活了。"周作人谈生活的艺术,第一种生活正如这幅《群乐图》展现的这样,各行其是,天然率真。

徐悲鸿《雀竹》

　　江南多竹。竹于江南人而言，不仅可赏、可玩，更可吃、可用。它是郑振铎《蝉与纺织娘》里浓郁的竹林底色，更是鲁彦《钓鱼》里那战功累累的钓竿。

徐悲鸿《红梅喜鹊》

　　梅花向来是"凌寒独自开",暗香浮动,串串丹红结在树枝上,高洁凛然。林徽因在《蛛丝和梅花》一文中也说,"梅花最怕开;开了便没话说。索性残了,沁香拂散同夜里炉火都能成了一种温存的凄清"。

徐悲鸿《紫兰》

老舍在《我的母亲》里说，失去了慈母的人像插在瓶子里的花，虽然还有色有香，却失去了根。那么，母亲就是孩子的根了，有根才能活得健康繁茂，正如徐悲鸿笔下这丛紫兰。

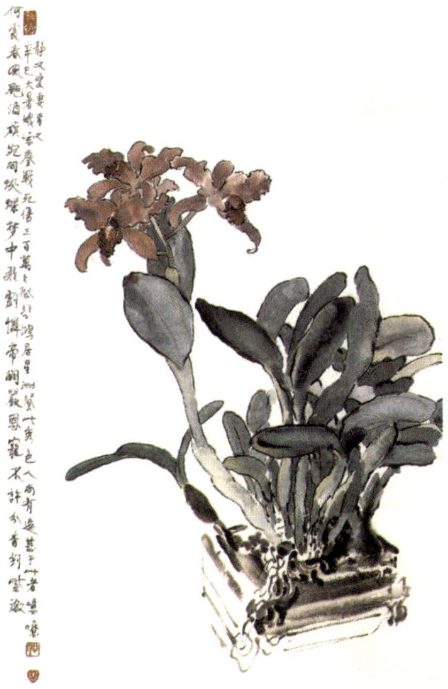

徐悲鸿《喜鹊图》

贾平凹在《老人和鸟儿》中写道:"从此,一只鸟儿欢乐了一棵树,一棵树又精神了整个大楼。"原以为那会是个简单温馨的故事,却没想到,老人为一己的欢乐,禁锢了鸟儿的自由。他给的不是爱,是囚禁。

徐悲鸿《鹅闹》

废名在《知堂先生》里说,知堂先生(周作人)的心情与行事有中庸之妙,而这来自他的天性。正如天鹅不日日洗澡而是白的,乌鸦不日日暴晒却是黑的,不论黑白,都是美的,正如徐悲鸿画中这正在纷闹的白鹅,发乎自然,便是美的。

徐悲鸿《山林远眺》

　　这幅画上山石参差、巨松苍劲，具有一种雄浑壮丽之美。其实事物本无所谓美或不美，有了人的观察才有了美。正如林徽因在《一片阳光》里说的那样：宇宙万物客观的本无所可珍惜，反映在人性上的山川草木禽兽才开始有了秀丽，有了气质，有了灵犀。

徐悲鸿《庭院》

穆时英先生在怀念自家旧宅的时候,清楚地记得那是"一座轩朗的屋子",而且"园子里有八棵玫瑰树,两棵菩提树"。在这样的宅子里住着,能看见花,能听到电线杆上麻雀的叫声和老园丁吹笛子的声音,内心就是清静的。

徐悲鸿《天姥山》

"四围山色中,一鞭残照里"虽然是勾起废名先生对五祖寺回忆的诗句,但放在这幅《天姥山》上也颇为恰当。余晖透过厚重的云层,仿佛一条金鞭直穿天际。云下山峦起伏,树木葱郁,山色近浓远淡,简直美不胜收。

徐悲鸿《墨兰》

　　废名在《中国文章》里写道:"中国文章里简直没有厌世派的文章,这是很可惜的事。"国人确实不厌世,而更倾向避世和隐逸,故此推崇隐居高士。这一丛墨兰,高洁淡雅,足以代表隐士的风骨精神。

徐悲鸿《鸡》

公鸡是画家的爱物,母鸡却不是,它甚至也不是作家的爱物。老舍在《母鸡》一文的开头就说"一向讨厌母鸡",但后来他发现,一旦开始养育鸡雏,母鸡在他眼中的形象就变了:它负责,慈爱,勇敢,辛苦……它伟大,因为它是鸡母亲。

越活越简单

贾平凹 席慕蓉 冯骥才 等/著

图书在版编目（CIP）数据

越活越简单 / 贾平凹等著 . — 成都：天地出版社，
2020.1
 ISBN 978-7-5455-5323-9

Ⅰ. ①越… Ⅱ. ①贾… Ⅲ . ①散文集－中国－现代②
散文集－中国－当代 Ⅳ. ① I266

中国版本图书馆 CIP 数据核字（2019）第 249516 号

YUE HUO YUE JIANDAN
越活越简单

出 品 人	杨　政
作　　者	贾平凹　等
责任编辑	张秋红
装帧设计	仙　境
责任印制	葛红梅

出版发行	天地出版社
	（成都市槐树街2号　邮政编码：610014）
	（北京市方庄芳群园3区3号　邮政编码：100078）
网　　址	http://www.tiandiph.com
电子邮箱	tianditg@163.com
经　　销	新华文轩出版传媒股份有限公司

印　　刷	三河市嵩川印刷有限公司
版　　次	2020年1月第1版
印　　次	2020年1月第1次印刷
成品尺寸	880mm×1230mm　1/32
印　　张	8.5
彩　　插	16页
字　　数	190千字
定　　价	48.00元
书　　号	ISBN 978-7-5455-5323-9

版权所有◆违者必究
咨询电话：（028）87734639（总编室）
购书热线：（010）67693207（营销中心）

本版图书凡印刷、装订错误，可及时向我社营销中心调换

出版说明

《越活越简单》收录了从民国到当代多位名家关于做人方式、生活理念、人生感悟的多篇文章。由于时代的变迁,部分文章中某些语词的运用已经不符合当今读者的阅读习惯,部分外国人名译法也与今日不同,内容上有前后不统一的现象,标点符号的运用与现行的规范也有一定区别。

因此,我们在参照权威版本的基础上,一方面尽量保持原作的风貌,不做大的改动;另一方面也根据现代阅读习惯及汉语规范,对原版行文明显不妥之处酌情进行了勘误、修订,从标点到字句再到格式等,都制定了一个相对严谨的校正标准与流程。

除有出处的引文保持原文外,具体操作遵从以下凡例:

一、标点审校,以1956年中国文字改革委员会发布简体字方案为分界线,发表于1956年以前的文章,以尊重作家原作风貌为标准,不轻易更改与现行用法不同的标点符号用法;发表于1956年后的,则据最新标准进行统一。

二、原版中的异体字，均改为现代通用简体字。如"那里"酌情改为"哪里"，"阿呀"改为"啊呀"等，"功夫"酌情改为"工夫"，表时间的"一会"通改为"一会儿"等。

三、酌情统一了部分词汇，尤其是助词的用法："的""地""得""底"酌情改为"的""地""得"，语气助词"罢"通改为"吧"等。但对实词则尽量保留原貌，如"检"不改为"捡"，"飘泊"不改为"漂泊"，"绻恋"不改为"眷恋"，"宁靖"不改为"宁静"等。

四、在句式表达上，因年代、个人文风原因，与当代规范表达有所区别，如"黑暗重复落在我们面前""我宁愿自己骗着了"等，亦尊重原作，不予修改。

五、外文书名、篇名均改为斜体。

六、引文部分，如书信、诗歌等，统一改同号楷体，上下空行。

七、酌情补注，简短为宜，注释方式为底注。注释如无特别说明，均为编者注。

八、书中各篇标题、落款、注释等编辑元素统一设计处理（包括字体、字号、间距等设计元素）。

限于水平，难免有疏漏之处，还望海涵。

目 录

质朴为人

002　阿长与《山海经》
010　志摩在回忆里
018　我所见的叶圣陶
024　我的母亲
032　知堂先生
038　母亲
052　紫薇
057　母亲的欢喜
060　鲁迅先生记
063　玲子
070　旧宅
090　紫色人形
094　丢失的香柚

活得有趣

098　喝茶

100　故乡的野菜

103　我之于书

105　落花生

107　故都的秋

112　翡冷翠山居闲话

116　冬天

119　桨声灯影里的秦淮河

131　猫

137　蝉与纺织娘

142　养花

145　母鸡

147　父亲的玳瑁

157　钓鱼

171　五祖寺

176　烟霞余影

187　北戴河海滨的幻想

192　窗外的春光
196　三贝先生家训
200　代狗
205　早上——一堆土一个兵
209　一片阳光
215　蛛丝和梅花
220　老黄
225　老人和鸟儿

生活的艺术

230　生活之艺术
234　他
236　生命的价值与价格
239　中国文章
242　麻雀
248　胖子和瘦子
251　吹泡泡

254　/ 本书作者名录

质朴为人

阿长与《山海经》

鲁迅

长妈妈,已经说过,是一个一向带领着我的女工,说得阔气一点,就是我的保姆。我的母亲和许多别的人都这样称呼她,似乎略带些客气的意思。只有祖母叫她阿长。我平时叫她"阿妈",连"长"字也不带;但到憎恶她的时候,——例如知道了谋死我那隐鼠的却是她的时候,就叫她阿长。

我们那里没有姓长的;她生得黄胖而矮,"长"也不是形容词。又不是她的名字,记得她自己说过,她的名字是叫作什么姑娘的。什么姑娘,我现在已经忘却了,总之不是长姑娘;也终于不知道她姓什么。记得她也曾告诉过我这个名称的来历:先前的先前,我家有一个女工,身材生得很高大,这就是真阿长。后来她回去了,我那什么姑娘才来补她的缺,然而大家因为叫惯了,没有再改口,于是她从此也就成为长妈妈了。

虽然背地里说人长短不是好事情,但倘使要我说句真心话,我可只得说:我实在不大佩服她。最讨厌的是常喜欢切切察察,向人们低声絮说些什么事。还竖起第二个手指,在空中上下摇动,或者点着对手或自己的鼻尖。我的家里一有些小风波,不知怎的我总疑心和这"切切察察"有些关系。又不许我走动,拔一株草,翻一块石头,就说我顽皮,要告诉我的母亲去了。一到夏天,睡觉时她又伸开两脚两手,在床中间摆成一个"大"字,挤得我没有余地翻身,久睡在一角的席子上,又已经烤得那么热。推她呢,不动;叫她呢,也不闻。

"长妈妈生得那么胖,一定很怕热吧?晚上的睡相,怕不见得很好吧?……"

母亲听到我多回诉苦之后,曾经这样地问过她。我也知道这意思是要她多给我一些空席。她不开口。但到夜里,我热得醒来的时候,却仍然看见满床摆着一个"大"字,一条臂膊还搁在我的颈子上。我想,这实在是无法可想了。

但是她懂得许多规矩;这些规矩,也大概是我所不耐烦的。一年中最高兴的时节,自然要数除夕了。辞岁之后,从长辈得到压岁钱,红纸包着,放在枕边,只要过一宵,便可以随意使用。睡在枕上,看着红包,想到明天买来的小鼓,刀枪,泥人,糖菩萨……然而她进来,又将一个福橘放在床头了。

"哥儿,你牢牢记住!"她极其郑重地说。"明天是正月初一,清早一睁开眼睛,第一句话就得对我说:'阿妈,恭喜恭喜!'记得么?你要记着,这是一年的运气的事情。不许说别的话!说过之后,还得吃一点福橘。"她又拿起那橘子来在我的眼前摇了两摇,"那么,一年到头,顺顺流流……"

梦里也记得元旦的,第二天醒得特别早,一醒,就要坐起来。她却立刻伸出臂膊,一把将我按住。我惊异地看她时,只见她惶急地看着我。

她又有所要求似的,摇着我的肩。我忽而记得了——

"阿妈,恭喜……。"

"恭喜恭喜!大家恭喜!真聪明!恭喜恭喜!"她于是十分喜欢似的,笑将起来,同时将一点冰冷的东西,塞在我的嘴里。我大吃一惊之后,也就忽而记得,这就是所谓福橘,元旦辟头的磨难,总算已经受完,可以下床玩耍去了。

她教给我的道理还很多,例如说人死了,不该说死掉,必须说"老掉了";死了人,生了孩子的屋子里,不应该走进去;饭粒落在地上,必须拣起来,最好是吃下去;晒裤子用的竹竿底下,是万不可钻过去的……。此外,现在大抵忘却了,只有元旦的古怪仪式记得最清楚。总之:都是些烦琐之至,至今想起来还觉得非常麻烦的事情。

然而我有一时也对她发生过空前的敬意。她常常对我讲"长毛"。她之所谓"长毛"者,不但洪秀全军,似乎连后来一切土匪强盗都在内,但除却革命党,因为那时还没有。她说得长毛非常可怕,他们的话就听不懂。她说先前长毛进城的时候,我家全都逃到海边去了,只留一个门房和年老的煮饭老妈子看家。后来长毛果然进门来了,那老妈子便叫他们"大王",——据说对长毛就应该这样叫,——诉说自己的饥饿。长毛笑道:"那么,这东西就给你吃了吧!"将一个圆圆的东西掷了过来,还带着一条小辫子,正是那门房的头。煮饭老妈子从此就骇破了胆,后来一提起,还是立刻面如土色,自己轻轻地拍着胸脯道:"啊呀,骇死我了,骇死我了……。"

我那时似乎倒并不怕,因为我觉得这些事和我毫不相干的,我不是一个门房。但她大概也即觉到了,说道:"像你似的小孩子,长毛也要掳的,掳去做小长毛。还有好看的姑娘,也要掳。"

"那么,你是不要紧的。"我以为她一定最安全了,既不做门房,又不是小孩子,也生得不好看,况且颈子上还有许多灸疮疤。

"哪里的话？！"她严肃地说。"我们就没有用么？我们也要被掳去。城外有兵来攻的时候，长毛就叫我们脱下裤子，一排一排地站在城墙上，外面的大炮就放不出来；再要放，就炸了！"

这实在是出于我意想之外的，不能不惊异。我一向只以为她满肚子是麻烦的礼节罢了，却不料她还有这样伟大的神力。从此对于她就有了特别的敬意，似乎实在深不可测；夜间的伸开手脚，占领全床，那当然是情有可原的了，倒应该我退让。

这种敬意，虽然也逐渐淡薄起来，但完全消失，大概是在知道她谋害了我的隐鼠之后。那时就极严重地诘问，而且当面叫她阿长。我想我又不真做小长毛，不去攻城，也不放炮，更不怕炮炸，我惧惮她什么呢！

但当我哀悼隐鼠，给它复仇的时候，一面又在渴慕着绘图的《山海经》了。这渴慕是从一个远房的叔祖惹起来的。他是一个胖胖的，和蔼的老人，爱种一点花木，如珠兰，茉莉之类，还有极其少见的，据说从北边带回去的马缨花。他的太太却正相反，什么也莫名其妙，曾将晒衣服的竹竿搁在珠兰的枝条上，枝折了，还要愤愤地咒骂道："死尸！"这老人是个寂寞者，因为无人可谈，就很爱和孩子们往来，有时简直称我们为"小友"。在我们聚族而居的宅子里，只有他书多，而且特别。制艺和试帖诗，自然也是有的；但我却只在他的书斋里，看见过陆玑的《毛诗草木鸟兽虫鱼疏》，还有许多名目很生的书籍。我那时最爱看的是《花镜》，上面有许多图。他说给我听，曾经有过一部绘图的《山海经》，画着人面的兽，九头的蛇，三脚的鸟，生着翅膀的人，没有头而以两乳当作眼睛的怪物，……可惜现在不知道放在哪里了。

我很愿意看看这样的图画，但不好意思力逼他去寻找，他是很疏懒的。问别人呢，谁也不肯真实地回答我。压岁钱还有几百文，买吧，又没有好机会。有书买的大街离我家远得很，我一年中只能在正月间去玩一趟，那时候，两家书店都紧紧地关着门。

玩的时候倒是没有什么的，但一坐下，我就记得绘图的《山海经》。

大概是太过于念念不忘了，连阿长也来问《山海经》是怎么一回事。这是我向来没有和她说过的，我知道她并非学者，说了也无益，但既然来问，也就都对她说了。

过了十多天，或者一个月吧，我还记得，是她告假回家以后的四五天，她穿着新的蓝布衫回来了，一见面，就将一包书递给我，高兴地说道：

"哥儿，有画儿的'三哼经'，我给你买来了！"

我似乎遇着了一个霹雳，全体都震悚起来；赶紧去接过来，打开纸包，是四本小小的书，略略一翻，人面的兽，九头的蛇，……果然都在内。

这又使我发生新的敬意了，别人不肯做，或不能做的事，她却能够做成功。她确有伟大的神力。谋害隐鼠的怨恨，从此完全消灭了。

这四本书，乃是我最初得到，最为心爱的宝书。

书的模样，到现在还在眼前。可是从还在眼前的模样来说，却是一部刻印都十分粗拙的本子。纸张很黄；图像也很坏，甚至于几乎全用直线凑合，连动物的眼睛也都是长方形的。但那是我最为心爱的宝书，看起来，确是人面的兽；九头的蛇；一脚的牛；袋子似的帝江；没有头而"以乳为目，以脐为口"，还要"执干戚而舞"的刑天。

此后我就更其搜集绘图的书，于是有了石印的《尔雅音图》和《毛诗品物图考》，又有了《点石斋丛画》和《诗画舫》。《山海经》也另买了一部石印的，每卷都有图赞，绿色的画，字是红的，比那木刻的精致得多了。这一部直到前年还在，是缩印的郝懿行疏。木刻的却已经记不清是什么时候失掉了。

我的保姆，长妈妈即阿长，辞了这人世，大概也有了三十年了吧。我终于不知道她的姓名，她的经历；仅知道有一个过继的儿子，她大约是青年守寡的孤孀。

　　仁厚黑暗的地母呵，愿在你怀里永安她的魂灵！

志摩在回忆里
郁达夫

　　新诗传宇宙，竟尔乘风归去，同学同庚，老友如君先宿草。
　　华表托精灵，何当化鹤重来，一生一死，深闺有妇赋招魂。

　　这是我托杭州陈紫荷先生代作代写的一副挽志摩的挽联。陈先生当时问我和志摩的关系，我只说他是我自小的同学，又是同年，此外便是他这一回的很适合他身分的死。

　　作挽联我是不会作的，尤其是文言的对句。而陈先生也想了许多成句，如"高处不胜寒""犹是深闺梦里人"之类，但似乎都寻不出适当的上下对，所以只成了上举的一联。这挽联的好坏如何，我也不晓得，不过我觉得文句作得太好，对仗对得太工，是不大适合于哀挽的本意的。悲哀的最大表示，是自然的目瞪口呆，僵若木鸡的那一种样子，这我在小曼夫人当初接到志摩的凶耗的时候曾经亲眼见到过。其次是抚棺的一哭,这我在万国殡仪馆中,当日来吊的许多志摩的亲友之间曾经看到过。至于哀挽诗词的工与不工,那却是次而又次的问题了;我不想说志摩是如何如何的伟大,我不想说他是如何如何的可爱,我也不想说我因他之死而感到怎么怎么的悲哀,我只想把在记忆里的志摩来重描一遍,因而再可以想见一次他那副凡见过他一面的人谁都不容易忘去的面貌与音容。

大约是在宣统二年(一九一〇)的春季,我离开故乡的小市,去转入当时的杭府中学读书,——上一期似乎是在嘉兴府中读的,终因路远之故而转入了杭府——那时候府中的监督,记得是邵伯䌹先生,寄宿舍是大方伯的图书馆对面。

当时的我,是初出茅庐的一个十四岁未满的乡下少年,突然间闯入了省府的中心,周围万事看起来都觉得新异怕人。所以在宿舍里,在课堂上,我只是诚惶诚恐,战战兢兢,同蜗牛似的蜷伏着,连头都不敢伸一伸出壳来。但是同我的这一种畏缩态度正相反的,在同一级同一宿舍里,却有两位奇人在跳跃活动。

一个是身体生得很小,而脸面却是很长,头也生得特别大的小孩子。我当时自己当然总也还是一个孩子,然而看见了他,心里却老是在想,"这顽皮小孩,样子真生得奇怪",

仿佛我自己已经是一个大孩似的。还有一个日夜和他在一块,最爱做种种淘气的把戏,为同学中间的爱戴集中点的,是一个身材长得相当的高大,面上也已经满示着成年的男子的表情,由我那时候的心里猜来,仿佛是年纪总该在三十岁以上的大人,——其实呢,他也不过和我们上下年纪而已。

他们俩,无论在课堂上或在宿舍里,总在交头接耳地密谈着,高笑着,跳来跳去,和这个那个闹闹,结果却终于会出其不意地做出一件很轻快很可笑很奇特的事情来吸引大家的注意的。

而尤其使我惊异的,是那个头大尾巴小,戴着金边近视眼镜的顽皮小孩,平时那样的不用功,那样的爱看小说——他平时拿在手里的总是一卷有光纸上印着石印细字的小本子——而考起来或作起文来却总是分数得得最多的一个。

像这样的和他们同住了半年宿舍,除了有一次两次也上了他们一点小当之外,我和他们终究没有发生什么密切一点的关系;后来似乎我的宿舍也换了,除了在课堂上相聚在一块之外,见面的机会更加少了。年假之后第二年的春天,我不晓为了什么,突然离去了府中,改入了一个现在似乎也还没有关门的教会学校。从此之后,一别十余年,我和这两位奇人—— 一个小孩,一个大人——终于没有遇到的机会。虽则在异乡漂泊的途中,也时常想起当日的旧事,但是终因为周围环境的迁移激变,对这微风似的少年时候的回忆,也没有多大的留恋。

民国十三四年——一九二三、四年①——之交,我混迹在北京的软红尘里;有一天风定日斜的午后,我忽而在石虎胡同的松坡图书馆里遇见了志摩。仔细一看,他的头,他的脸,还是同中学时候一样发育得分外的大,而那矮小的身材却不同了,非常之长大了,和他并立起来,简直要比我高一二寸的样子。

他的那种轻快磊落的态度,还是和孩时一样,不过因为历尽了欧美的游程之故,无形中已经锻炼成了一个长于社交的人了。笑起来的时候,可还是同十几年前的那个顽皮小孩一色无二。

从这年后,和他就时时往来,差不多每礼拜要见好几次面。他的善于座谈、敏于交际、长于吟诗的种种美德,自然而然地使他成了一个社交的中心。当时的文人学者,达官丽姝,以及中学时候的倒霉同学,不论长幼,不分贵贱,都在他的客座上可以看得到。不管你是如何心神不快的时候,只教经他用了他那种浊中带清的洪亮的声音,"喂,老×,今

---

① 原文如此,但应为一九二四、一九二五年。

天怎么样？什么什么怎么样了？"的一问，你就自然会把一切的心事丢开，被他的那种快乐的光耀同化了过去。

正在这前后，和他一次谈起了中学时候的事情，他却突然地呆了一呆，张大了眼睛惊问我说：

"老李你还记得起记不起？他是死了哩！"

这所谓老李者，就是我在头上写过的那位顽皮大人，和他一道进中学的他的表哥哥。

其后他又去欧洲，去印度，交游之广，从中国的社交中心扩大而成为国际的。于是美丽宏博的诗句和清新绝俗的散文，也一年年地积多了起来。一九二七年的革命之后，北京变了北平，当时的许多中间阶级者就四散成了秋后的落叶。有些飞上了天去，成了要人，再也没有见到的机会了；有些也竟安然地在牖下到了黄泉；更有些，不死不生，仍复在歧路上徘徊着，苦闷着，而终于寻不到出路。是在这一种状态之下，有一天在上海的街头，我又忽而遇见了志摩。

"喂，这几年来你躲在什么地方？"

兜头的一喝，听起来仍旧是他那一种洪亮快活的声气。在路上略谈了片刻，一同到了他的寓里坐了一会儿，他就拉我一道到了大赉公司的轮船码头。因为午前他刚接到了无线电报，诗人太果尔①回印度的船系定在午后五时左右靠岸，他是要上船去看看这老诗人的病状的。

当船还没有靠岸，岸上的人和船上的人还不能够交谈的时候，他在码头上的寒风里立着——这时候似乎已经是秋季了——静静地呆呆地对我说：

"诗人老去，又遭了新时代的摈斥，他老人家的悲哀，正是孔子的悲哀。"

因为太果尔这一回是新从美国日本去讲演回来，在日本在美国都受了一部分新人的排斥，所以心里是不十分快活的；并且又因年老之故，在路上更染了一场重病。志摩对我说这几句话的时候，双眼呆看着远处，脸色变得青灰，声音也特别的低。我和志摩来往了这许多年，在他脸上看出悲哀的表情来的事情，这实在是最初也便是最后的一次。

从这一回之后，两人又同在北京的时候一样，时时来往了。可是一则因为我的疏懒无聊，二则因为他跑来跑去地教书忙，这一两年间，和他聚谈时候也并不多。今年的暑假后，他于去北平之先曾大宴了三日客。头一天喝酒的时候，我和董任坚先生都在那里。董先生也是当时杭府中学的旧同学之一，席间我们也曾谈到了当时的杭州。在他遇难之前，从北

---

① 即泰戈尔。

平飞回来的第二天晚上,我也偶然的,真真是偶然的,闯到了他的寓里。

那一天晚上,因为有许多朋友会聚在那里的缘故,谈谈说说,竟说到了十二点过。临走的时候,还约好了第二天晚上的后会才兹分散。但第二天我没有去,于是就永久失去了见他的机会了,因为他的灵柩到上海的时候是已经殓好了来的。

文人之中,有两种人最可以羡慕。一种是像高尔基一样,活到了六七十岁,而能写许多有声有色的回忆文的老寿星,其他的一种是如叶赛宁一样的光芒还没有吐尽的天才夭折者。前者可以写许多文学史上所不载的文坛起伏的经历,他个人就是一部纵的文学史;后者则可以要求每个同时代的文人都写一篇吊他哀他或评他骂他的文字,而成一部横的放大的文苑传。

现在志摩是死了,但是他的诗文是不死的,他的音容状貌可也是不死的,除非要等到认识他的人老老少少一个个都死完的时候为止。

一九三一年十二月十一日

[附记]

上面的一篇回忆写完之后,我想想,想想,又在陈先生代作的挽联里加入了一点事实,缀成了下面的四十二字:

三卷新诗,廿年旧友,与君同是天涯,只为佳人难再得。

一声河满,九点齐烟,化鹤重归华表,应愁高处不胜寒。

一九三一年十二月十九日

我所见的叶圣陶

朱自清

我第一次与圣陶见面是在民国十年的秋天。那时刘延陵兄介绍我到吴淞炮台湾中国公学教书。到了那边,他就和我说:"叶圣陶也在这儿。"我们都念过圣陶的小说,所以他这样告我。我好奇地问道:"怎样一个人?"出乎我的意外,他回答我:"一位老先生哩。"但是延陵和我去访问圣陶的时候,我觉得他的年纪并不老,只那朴实的服色和沉默的风度与我们平日所想象的苏州少年文人叶圣陶不甚符合罢了。

记得见面的那一天是一个阴天。我见了生人照例说不出话;圣陶似乎也如此。我们只谈了几句关于作品的泛泛的意见,便告辞了。延陵告诉我每星期六圣陶总回甪直去;他很爱他的家。他在校时常邀延陵出去散步;我因与他不熟,只独自坐在屋里。不久,中国公学忽然起了风潮。我向延陵说起一个强硬的办法;——实在是一个笨而无聊的办法!——我说只怕叶圣陶未必赞成。但是出乎我的意外,他居然赞成了！后来细想他许是有意优容我们吧；这真是老大哥的态度呢。我们的办法天然是失败了，风潮延宕下去；于是大家都住到上海来。我和圣陶差不多天天见面，同时又认识了西谛，予同诸兄。这样经过了一个月；这一个月实在是我的很好的日子。

我看出圣陶始终是个寡言的人。大家聚谈的时候，他总是坐在那里听着。他却并不是喜欢孤独，他似乎老是那么有味地听着。至于与人独对的时候，自然多少要说些话；但辩论是不来的。他觉得辩论要开始了，往往微笑着说："这个弄不大清楚了。"这样就过去了。他又是个极和易的人，轻易看不见他的怒色。他辛辛苦苦保存着的《晨报》副张，上面有他自己的文字的，特地从家里捎来给我看；让我随便放在一个书架上，给散失了。当他和我同时发现这件事时，他只略露惋惜的颜色，随即说："由他去末哉，由他去末哉！"我是至今惭愧着，因为我知道他作文是不留稿的。他的和易出于天性，并非阅历世故，矫揉造作而成。他对于世间妥协的精神是极厌恨的。在这一月中，我看见他发过一次怒；——始终我只看见他发过这一次怒——那便是对于风潮的妥协论者的蔑视。

风潮结束了，我到杭州教书。那边学校当局要我约圣陶去。圣陶来信说："我们要痛痛快快游西湖，不管这是冬天。"他来了，教我上车站去接。我知道他到了车站这一类地方，是会觉得寂寞的。他的家实在太好了，他的衣着，一向都是家里管。我常想，他好像一个小孩子；像小孩子的天真，也像小孩子的离不开家里人。必须离开家里人时，他也得找些熟朋友伴着；孤独在他简直是有些可怕的。所以他到校时，本来是独住一屋的，却愿意将那间屋做我们两人的卧室，而将我那间做书室。这样可以常常相伴；我自然也乐意，我们不时到西湖边去；有时下湖，有时只喝喝酒。在校时各据一桌，我只预备功课，他却老是写小说和童话。初到时，学校当局来看过他。第二天，我问他："要不要去看看他们？"他皱眉道："一定要去么？等一天吧。"后来始终没有去。他是最反对形式主义的。

那时他小说的材料，是旧日的储积；童话的材料有时却是片刻的感兴。如《稻草人》中《大喉咙》一篇便是。那天早上，我们都醒在床上，听见工厂的汽笛；他便说："今天又有一篇了，我已经想好了，来得真快呵。"那篇的艺术很巧，谁想他只是片刻的构思呢！他写文字时，往往拈笔伸纸，便手不停挥地写下去，开始及中间，停笔踌躇时绝少。他的稿子极清楚，每页至多只有三五个涂改的字。

他说他从来是这样的。每篇写毕,我自然先睹为快;他往往称述结尾的适宜,他说对于结尾是有些把握的。看完,他立即封寄《小说月报》;照例用平信寄。我总劝他挂号;但他说:"我老是这样的。"他在杭州不过两个月,写的真不少,教人羡慕不已。《火灾》里从《饭》起到《风潮》这七篇,还有《稻草人》中一部分,都是那时我亲眼看他写的。

在杭州待了两个月,放寒假前,他便匆匆地回去了;他实在离不开家,临去时让我告诉学校当局,无论如何不回来了。但他却到北平住了半年,也是朋友拉去的。我前些日子偶翻十一年的《晨报副刊》,看见他那时途中思家的小诗,重念了两遍,觉得怪有意思。北平回去不久,便入了商务印书馆编译部,家也搬到上海。从此在上海待下去,直到现在——中间又被朋友拉到福州一次,有一篇《将离》抒写那回的别恨,是缠绵悱恻的文字。这些日子,我在浙江乱跑,有时到上海小住,他常请了假和我各处玩儿或喝酒。有一回,我便住在他家,但我到上海,总爱出门,因此他老说没有能畅谈;他写信给我,老说这回来要畅谈几天才行。

十六年一月,我接眷北来,路过上海,许多熟朋友和我饯行，圣陶也在。那晚我们痛快地喝酒，发议论；他是照例地默着。酒喝完了，又去乱走，他也跟着。到了一处，朋友们和他开了个小玩笑；他脸上略露窘意，但仍微笑地默着。圣陶不是个浪漫的人；在一种意义上，他正是延陵所说的"老先生"。但他能了解别人，能谅解别人，他自己也能"作达"，所以仍然——也许格外——是可亲的。那晚快夜半了，走过爱多亚路，他向我诵周美成的词，"酒已都醒，如何消夜永！"我没有说什么；那时的心情，大约也不能说什么的。我们到一品香又消磨了半夜。这一回特别对不起圣陶；他是不能少睡觉的人。他家虽住在上海，而起居还依着乡居的日子；早七点起，晚九点睡。有一回我九点十分去，他家已熄了灯，关好门了。这种自然的，有秩序的生活是对的。那晚上伯祥说："圣兄明天要不舒服了。"想起来真是不知要怎样感谢才好。

第二天我便上船走了，一眨眼三年半，没有上南方去。信也很少，却全是我的懒。我只能从圣陶的小说里看出他心境的迁变；这个我要留在另一文中说。圣陶这几年里似乎到十字街头走过一趟，但现在怎么样呢？我却不甚了然。他从前晚饭时总喝点酒，"以半醺为度"；近来不大能喝酒了，却学了吹笛——前些日子说已会一出《八阳》，现在该又会了别的了吧。他本来喜欢看看电影,现在又喜欢听听昆曲了。但这些都不是"厌世",如或人所说的;圣陶是不会厌世的,我知道。又,他虽会喝酒,加上吹笛,却不曾抽什么"上等的纸烟",也不曾住过什么"小小别墅",如或人所想的,这个我也知道。

我的母亲
老舍

母亲的娘家是在北平德胜门外,土城儿外边,通大钟寺的大路上的一个小村里。村里一共有四五家人家,都姓马。大家都种点不十分肥美的地,但是与我同辈的兄弟们,也有当兵的,做木匠的,做泥水匠的,和当巡警的。他们虽然是农家,却养不起牛马,人手不够的时候,妇女便也须下地做活。

对于姥姥家,我只知道上述的一点。外公外婆是什么样子,我就不知道了,因为他们早已去世。至于更远的族系与家史,就更不晓得了;穷人只能顾眼前的衣食,没有工夫谈论什么过去的光荣;"家谱"这字眼,我在幼年就根本没有听说过。

母亲生在农家,所以勤俭诚实,身体也好。这一点事实却极重要,因为假若我没有这样的一位母亲,我之为我恐怕也就要大大地打个折扣了。

母亲出嫁大概是很早,因为我的大姐现在已是六十多岁的老太婆,而我的大甥女还长我一岁啊。我有三个哥哥,四个姐姐,但能长大成人的,只有大姐,二姐,三姐,三哥与我。我是"老"儿子。生我的时候,母亲已有四十一岁,大姐二姐已都出了阁。

由大姐与二姐所嫁入的家庭来推断,在我生下之前,我的家里,大概还马马虎虎的过得去。那时候订婚讲究门当户对,而大姐丈是做小官的,二姐丈也开过一间酒馆,他们都是相当体面的人。

可是,我,我给家庭带来了不幸:我生下来,母亲晕过去半夜,才睁眼看见她的老儿子——感谢大姐,把我揣在怀中,致未冻死。

一岁半,我把父亲"剋"死了。

兄不到十岁,三姐十二三岁,我才一岁半,全仗母亲独力抚养了。父亲的寡姐跟我们一块儿住,她吸鸦片,她喜摸纸牌,她的脾气极坏。为我们的衣食,母亲要给人家洗衣服,缝补或裁缝衣裳。在我的记忆中,她的手终年是鲜红微肿的。白天,她洗衣服,洗一两大绿瓦盆。她做事永远丝毫也不敷衍,就是屠户们送来的黑如铁的布袜,她也给洗得雪白。晚间,她与三姐抱着一盏油灯,还要缝补衣服,一直到半夜。她终年没有休息,可是在忙碌中她还把院子屋中收拾得清清爽爽。桌椅都是旧的，柜门的铜活久已残缺不全，可是她的手老使破桌面上没有尘土，残破的铜活发着光。院中，父亲遗留下的几盆石榴与夹竹桃，永远会得到应有的浇灌与爱护，年年夏天开许多花。

哥哥似乎没有同我玩耍过。有时候，他去读书；有时候，他去学徒；有时候，他也去卖花生或樱桃之类的小东西。母亲含着泪把他送走，不到两天，又含着泪接他回来。我不明白这都是什么事，而只觉得与他很生疏。与母亲相依为命的是我与三姐。因此，她们做事，我老在后面跟着。她们浇花，我也张罗着取水；她们扫地，我就撮土……从这里，我学得了爱花，爱清洁，守秩序。这些习惯至今还被我保存着。

有客人来，无论手中怎么窘，母亲也要设法弄一点东西去款待。舅父与表哥们往往是自己掏钱买酒肉食，这使她脸上羞得飞红，可是殷勤地给他们温酒做面，又给她一些喜悦。遇上亲友家中有喜丧事，母亲必把大褂洗得干干净净，亲自去贺吊——份礼也许只是两吊小钱。到如今为止我的好客的习性，还未全改，尽管生活是这么清苦，因为自幼儿看惯了的事情是不易改掉的。

姑母常闹脾气。她单在鸡蛋里找骨头。她是我家中的阎王。直到我入了中学，她才死去，我可是没有看见母亲反抗过。"没受过婆婆的气，还不受大姑子的吗？命当如此！"母亲在非解释一下不足以平服别人的时候，才这样说。是的，命当如此。母亲活到老，穷到老，辛苦到老，全是命当如此。她最会吃亏。给亲友邻居帮忙，她总跑在前面：她会给婴儿洗三——穷朋友们可以因此少花一笔"请姥姥"钱——她会刮痧，她会给孩子们剃头，她会给少妇们绞脸……凡是她能做的，都有求必应。但是吵嘴打架，永远没有她。她宁吃亏，不逗气。当姑母死去的时候，母亲似乎把一世的委屈都哭了出来，一直哭到坟地。不知道哪里来的一位侄子，声称有承继权，母亲便一声不响，教他搬走那些破桌子烂板凳，而且把姑母养的一只肥母鸡也送给他。

可是，母亲并不软弱。父亲死在庚子闹"拳"的那一年。联军入城，挨家搜索财物鸡鸭，我们被搜两次。母亲拉着哥哥与三姐坐在墙根，等着"鬼子"进门，街门是开着的。"鬼子"进门，一刺刀先把老黄狗刺死，而后入室搜索。他们走后，母亲把破衣箱搬起，才发现了我。假若箱子不空，我早就被压死了。皇上跑了，丈夫死了，鬼子来了，满城是血光火焰，可是母亲不怕，她要在刺刀下，饥荒中，保护着儿女。北平有多少变乱啊，有时候兵变了，街市整条地烧起，火团落在我们院中。有时候内战了，城门紧闭，铺店关门，昼夜响着枪炮。这惊恐，这紧张，再加上一家饮食的筹划，儿女安全的顾虑，岂是一个软弱的老寡妇所能受得起的？可是，在这种时候，母亲的心横起来，她不慌不哭，要从无办法中想出办法来。她的泪会往心中落！这点软而硬的性格，也传给了我。我对一切人与事，都取和平的态度，把吃亏看作当然的。但是，在做人上，我有一定的宗旨与基本的法则，什么事都可将就，而不能超过自己画好的界限。我怕见生人，怕办杂事，怕出头露面；但是到了非我去不可的时候，我便不敢不去，正像我的母亲。从私塾到小学，到中学，我经历过起码有廿位教师吧，其中有给我很大影响的，也有毫无影响的，但是我的真正的教师，把性格传给我的，是我的母亲。母亲并不识字，她给我的是生命的教育。

当我在小学毕了业的时候，亲友一致地愿意我去学手艺，好帮助母亲。我晓得我应当去找饭吃，以减轻母亲的勤劳困苦。可是，我也愿意升学。我偷偷地考入了师范学校——制服，饭食，书籍，宿处，都由学校供给。只有这样，我才敢对母亲提升学的话。入学，要交十圆的保证金。这是一笔巨款！母亲作了半个月的难，把这巨款筹到，而后含泪把我送出门去。她不辞劳苦，只要儿子有出息。当我由师范毕业，而被派为小学校校长，母亲与我都一夜不曾合眼。我只说了句:"以后,您可以歇一歇了!"她的回答只有一串串的眼泪。我入学之后,三姐结了婚。母亲对儿女是都一样疼爱的,但是假若她也有点偏爱的话,她应当偏爱三姐,因为自父亲死后,家中一切的事情都是母亲和三姐共同撑持的。三姐是母亲的右手。但是母亲知道这右手必须割去,她不能为自己的便利而耽误了女儿的青春。当花轿来到我们的破门外的时候,母亲的手就和冰一样的凉,脸上没有血色——那是阴历四月,天气很暖。大家都怕她晕过去。可是,她挣扎着,咬着嘴唇,手扶着门框,看花轿徐徐地走去。不久,姑母死了。三姐已出嫁,哥哥不在家,我又住学校,家中只剩母亲自己。她还须自晓至晚地操作,可是终日没人和她说一句话。新年到了,正赶上政府倡用阳历,不许过旧年。除夕,我请了两小时的假,由拥挤不堪的街市回到清炉冷灶的家中。母亲笑了。及至听说我还须回校,她愣住了。半天,她才叹出一口气来。到我该走的时候,她递给我一些花生,"去吧,小子!"街上是那么热闹,我却什么也没看见,泪遮迷了我的眼。今天,泪又遮住了我的眼,又想起当日孤独地过那凄惨的除夕的慈母。可是慈母不会再候盼着我了,她已入了土!

儿女的生命是不依顺着父母所设下的轨道一直前进的,所以老人总免不了伤心。我二十三岁,母亲要我结了婚,我不要。我请来三姐给我说情，老母含泪点了头。我爱母亲，但是我给了她最大的打击。时代使我成为逆子。二十七岁，我上了英国。为了自己，我给六十多岁的老母以第二次打击。在她七十大寿的那一天，我还远在异域。那天，据姐姐们后来告诉我，老太太只喝了两口酒，很早的便睡下。她想念她的幼子，而不便说出来。

"七七"抗战后，我由济南逃出来。北平又像庚子那年似的被鬼子占据了，可是母亲日夜惦念的幼子却跑西南来。母亲怎样想念我，我可以想象得到，可是我不能回去。每逢接到家信，我总不敢马上拆看，我怕，怕，怕，怕有那不祥的消息。人，即使活到八九十岁，有母亲便可以多少还有点孩子气。失了慈母便像花插在瓶子里，虽然还有色有香，却失去了根。有母亲的人，心里是安定的。我怕，怕，怕家信中带来不好的消息，告诉我已是失了根的花草。

去年一年，我在家信中找不到关于老母的起居情况。我疑虑，害怕。我想象得到，若有不幸，家中念我流亡孤苦，或不忍相告。母亲的生日是在九月，我在八月半写去祝寿的信，算计着会在寿日之前到达。信中嘱咐千万把寿日的详情写来，使我不再疑虑。十二月二十六日，由文化劳军的大会上回来，我接到家信。我不敢拆读，就寝前，我拆开信，母亲已去世一年了!

　　生命是母亲给我的。我之能长大成人,是母亲的血汗灌养的。我之能成为一个不十分坏的人,是母亲感化的。我的性格,习惯,是母亲传给的。她一世未曾享过一天福,临死还吃的是粗粮。唉!还说什么呢?心痛!心痛!

知堂先生

废名

林语堂先生来信问我可否写一篇《知堂先生》刊在《今人志》，我是一则以喜，一则以惧。喜者这个题目于我是亲切的，惧则正是陶渊明所云："惧或乖谬，有亏大雅君子之德，所以战战兢兢，若履薄冰云尔。"我想我写了可以当面向知堂先生请教，斯又一乐也。这是数日以前的事，一直未能下笔。前天往古槐书屋看平伯，我们谈了好些话，所谈差不多都是对于知堂先生的向往，事后我一想，油然一喜，我同平伯的意见完全是一致的，话似乎都说得有意思，我很可惜回来没有把那些谈话都记录下来，那或者比着意写一篇文章来得中意一点也未可知。我们的归结是这么的一句，知堂先生是一个唯物论者，知堂先生是一个躬行君子。我们从知堂先生可以学得一些道理，日常生活之间我们却学不到他的那个艺术的态度。平伯以一个思索的神气说道："中国历史上曾有像他这样气分的人没有？"我们两人都回答不了。"渐近自然"四个字大约能以形容知堂先生，然而这里一点神秘没有，他好像拿了一本自然教科书做参考。中国的圣经贤传，自古以及如今，都是以治国平天下为己任的，这以外大约没有别的事情可做；唯女子与小孩的问题，又烦恼了不少的风雅之士；我常常从知堂先生的一声不响之中，不知不觉地想起了这许多事，简直有点惶恐，我们很容易陷入流俗而不自知，我们与野蛮的距离有时很难说，而知堂先生之修身齐家，直是以自然为怀，虽欲赞叹之而不可得也。偶然读到《人间世》所载《苦茶庵小文·题魏慰农先生家书后》有云："为父或祖者尽瘁以教养子孙而不责其返报，但冀其历代益以聪强耳，此自然之道，亦人道之至也。"在这个祖宗罪业深重的国家，此知者之言，亦仁者之言也。

　　我们常不免是抒情的，知堂先生总是合礼，这个态度在以前我尚不懂得。十年以来，他写给我辈的信札，从未有一句教训的调子，未有一句情热的话，后来将今日偶然所保存者再拿起来一看，字里行间，温良恭俭，我是一旦豁然贯通之，其乐等于所学也。在事过情迁之后，私人信札有如此耐观者，此非先生之大德乎。我常记得当初在《新月杂志》读了他的《志摩纪念》一文，欢喜慨叹，此文篇末有云，"我只能写可有可无的文章，而纪念亡友又不是可以用这种文章来敷衍的，而纪念刊的收稿期又迫切了，不得已还只得写，结果还只能写出一篇可有可无的文章，这使我不得不重又叹息"。无意间流露出来的这一句叹息之声，其所表现的人生之情与礼，在我直是读了一篇寿世的文章。他同死者生平的交谊不是抒情的，而生死之前，至情乃为尽礼。知堂先生待人接物，同他平常作文的习惯，一样的令我感兴趣，他作文向来不打稿子，一遍写起来了，看一看有错字没有，便不再看，算是完卷，因为据他说起稿便不免于重抄，重抄便觉得多无是处，想修改也修改不好，不如一遍写起倒也算了。他对于自己是这样的宽容，对于自己外的一切都是这样的宽容，但这其间的威仪呢，恐怕一点也叫人感觉不到，反而感觉到他的谦虚。然而文章毕竟是天下之事，中国现代的散文，从开始以迄现在，据好些人的闲谈，知堂先生是最能耐读的了。

那天平伯曾说到"感觉"二字，大约如"冷暖自知"之感觉，因为知堂先生的心情与行事都有一个中庸之妙，这到底从哪里来的呢？平伯乃踌躇着说道："他大约是感觉？"我想这个意思是的，知堂先生的德行，与其说是伦理的，不如说是生物的，有如鸟类之羽毛，鹄不日浴而白，乌不日黔而黑，黑也白也，都是美的，都是卫生的。然而自然无知，人类则自作聪明，人生之健全而同乎自然，非善知识者而能之欤。平伯的话令我记起两件事来，第一我记起七八年前在

《语丝》上读到知堂先生的《两个鬼》这一篇文章,当时我尚不甚了然,稍后乃领会其意义,他在这篇文章的开头说:

> 在我们的心头住着 Du Daimone[①],可以说是两个——鬼。我踌躇着说鬼,因为他们并不是人死所化的鬼,也不是宗教上的魔,善神与恶神,善天使与恶天使。他们或者应该说是一种神,但这似乎太尊严一点了,所以还是委屈他们一点称之曰鬼。
>
> 这两个是什么呢?其一是绅士鬼,其二是流氓鬼。据王学的朋友们说人是有什么良知的,教士说有灵魂,维持公理的学者也说凭着良心,但我觉得似乎都没有这些,有的只是那两个鬼,在那里指挥我的一切的言行。这是一种双头政治,而两个执政还是意见不甚协和的,我却像一个钟摆在这中间摇着。有时候流氓占了优势,我便跟了他去彷徨,什么大街小巷的一切隐秘无不知悉,酗酒、斗殴、辱骂,都不是做不来的,我简直可以成为一个精神上的"破脚骨"。但是在我将真正撒野,如流氓之"开天堂"等的时候,绅士大抵就出来高叫"带住,着

---

① Du Daimone:英语,"二邪神,二恶魔"。

即带住！"说也奇怪，流氓平时不怕绅士，到得他将要撒野，一听绅士的吆喝，不知怎的立刻一溜烟地走了。可是他并不走远，只在弄头弄尾探望，他看绅士领了我走，学习对淑女们的谈吐与仪容，渐渐地由说漂亮话而近于摆臭架子，于是他又赶出来大骂云云……

这样的说法，比起古今的道德观念来，实在是一点规矩也没有，却也未必不最近乎事理，是平伯所说的感觉，亦是时人所病的"趣味"二字也。

再记起去年我偶尔在一个电影场上看电影，系中国影片，名叫《城市之夜》，一个码头工人的女儿为得要孝顺父亲而去做舞女，我坐在电影场上，看来看去，悟到古今一切的艺术，无论高能的低能的，总而言之都是道德的，因此也就是宣传的，由中国旧戏的脸谱以至于欧洲近代所谓不道德的诗文，人生舞台上原来都是负担着道德之意识。当下我很有点闷窒，大有呼吸新鲜空气之必要。这个新鲜空气，大约就是科学的。于是我想来想去，仿佛自己回答自己，这样的艺术，一直未存在。佛家经典所提出的"业"，很可以做我的理想的艺术的对象，然而他们的说法仍是诗而不是小说，是宣传的而不是记载的,所以是道德的而不是科学的。我原是自己一时糊涂的思想,后来同知堂先生闲谈,他不知道我先有一个成见,听了我的话,他不完全地说道:"科学其实也很道德。"我听了这句话,自己的心事都丢开了,仿佛这一句平易的话说的是知堂先生的道境,他说话的神气真是一点也不费力,令人可亲了。

母亲
石评梅

母亲!这是我离开你,第五次度中秋,在这异乡——在这愁人的异乡。

我不忍告诉你,我凄酸独立在枯池旁的心境,我更不忍问你团圆宴上偷咽清泪的情况。

我深深地知道:系念着漂泊天涯的我,只有母亲;然而同时感到凄楚黯然,对月挥泪,梦魂犹唤母亲的,也只有你的女儿!

节前许久未接到你的信,我知道你并未忘记中秋;你不写的缘故,我知道了,只为了规避你心幕底的悲哀。月儿的清光,揭露了的,是我们枕上的泪痕;她不能揭露的,确是我们一丝一缕的离恨!

我本不应将这凄楚的秋心寄给母亲,重伤母亲的心;但是与其这颗心,悬在秋风吹黄的柳梢,沉在败荷残茎的湖心,最好还是寄给母亲。假使我不愿留这墨痕,在归梦的枕上,我将轻轻地读给母亲。假使我怕别人听到,我将折柳枝,蘸湖水，写给月儿，请月儿在母亲的眼里映出这一片秋心。

挹清嫂很早告诉我，她说：

"妈妈这些时为了你不在家怕谈中秋，然而你的顽皮小侄女昆林，偏是天天牵着妈妈的衣角，盼到中秋。我正在愁着，当家宴团圆时，我如何安慰妈妈？更怎能安慰千里外凝眸故乡的妹妹？我望着月儿一度一度圆，然而我们的家宴从未曾一次团圆。"

自从读了这封信，我心里就隐隐地种下恐怖，我怕到月圆，和母亲一样了。但是她已慢慢地来临，纵然我不愿撕月份牌，然而月儿已一天一天圆了！

十四的下午，我拿着一个月的薪水，由会计室出来，走到我办公处时，我的泪已滴在那一卷钞票上。母亲！不是为了我整天的工作，工资微少；不是为了债主多，我的钱对付不了；不是为了发得迟，不能买点异乡月饼，献给母亲尝尝，博你一声微笑。只因：为了这一卷钞票我才流落在北京，不能在故乡，在母亲的膝下，大嚼母亲赐给的果品。然而，我不是为了钱离开母亲，我更不是为了钱弃故乡。

你不是曾这样说吗，母亲：

"你是我的女儿，同时你也是上帝的女儿，为了上帝你应该去爱别人，去帮助别人。去吧！潜心探求你所不知道的，勤恳工作你所能尽力的。去吧！离开我，然而你却在上帝的怀里。"

因之，我离开你漂泊到这里。我整天地工作，当夜晚休息时，揭开帐门，看见你慈爱的相片时，我跪在地下，低低告诉你：

"妈妈！我一天又完了。然而我只有忏悔和惭愧！我莫有检得什么，同时我也未曾给人什么！"

有时我胜利地微笑，有时我痛恨地大哭，但是我仍这样工作，这样每天告诉你。

这卷钞票我如今非常爱惜，她曾滴满了我思亲泪！但是我想到母亲的叮咛时，我很不安，我无颜望着这重大的报酬。

因此，我更想着母亲——我更对不起遥远的山城里，常默祝我尽职的母亲！

十五那天早晨很早就醒了，然而我总不愿起来；母亲，你能猜到我为了什么吗？

林家弟妹，都在院里唱月儿圆，在他们欢呼高吭的歌声里，激荡起我潜伏已久的心波，揭现了心幕底沉默的悲哀。我悄悄地咽着泪，揭开帐门走下床来；打开我的头发，我一丝一丝理着，像整理烦乱一团的心丝。母亲！我故意慢慢地迟延，两点钟过去了，我成功了的是很松乱的鬏。

小弟弟走进来，给我看他的新衣裳，女仆走进来望着我拜节，我都付之一笑。这笑里映出我小时候的情形，映出我们家里今天的情形；母亲！你们春风沉醉的团圆宴上，怎堪想想寄人篱下的游子！

我想写信，不能执笔；我想看书，不辨字迹；我想织手工，我想抄心经；但是都不能。我后来想拿下墙上的洞箫，把我这不宁的心绪吹出；不过既非深宵，又非月夜，哪是吹箫的时节！后来我想最好是翻书箱，一件一件拿出，一本一本放回，这样挨过了半天，到了吃午餐时候。

不晓得怎样，在这里住了一年的旅客，今天特别局促起来，举箸时，我的心颤跳得更厉害；不知是否，母亲你正在念着我？一杯红滟滟的葡萄酒，放在我面前，我不能饮下去，我想家里的团圆宴上少了我，这里的团圆宴上却多了我。虽然人生旅途，到处是家，不过为了你，我才绻恋着故乡；母怀是我永久倚凭的柱梁，也是我破碎灵魂，最终归宿的坟墓。

母亲！你原谅我吧！当我情感流露时，允许我说几句我心里要说的话，你不要迷信不吉祥而阻止，或者责怪我。

我吃饭时候，眼角边看见炉香绕成个"卍"字，我忽然想到你跪在观音面前烧香的样子，你唯一祷告的一定是我在外边"身体康健,一切平安"!母亲!我已看见你龙钟的身体,慈笑的面孔;这时候我连饭带泪一块儿咽下去。干咳了一声,他们都用怜悯的目光望我,我不由地低下头,觉着脸有点烧了。母亲!这是我很少见的羞涩。

林家妹妹,和昆林一样大;她叫我"大姊姊";今天吃饭时,我屡次偷看她,不晓得为什么因为她,我又想起围绕你膝下,安慰欢愉你的侄女。惭愧!你枉有偌大的女儿;母亲!你枉有偌大的女儿!

吃完饭,晶清打电话约我去万牲园。这是我第一次去看她们创造成功的学校:地址虽不大,然而结构确很别致,虽不能及石驸马大街富丽的红楼,但似乎仍不失小家碧玉的居处。

因此,我深深地感到了她们缔造艰难的苦衷了!

清很凄清,因她本有几分愁,如今又带了几分孝,在一棵垂柳下,转出来低低唤了一声"波微"时,我不禁笑了,笑她是这般娇小!

我们聚集了八个人,八个人都是和我一样离开了母亲,和我一样在万里外漂泊,和我一样压着凄哀,强作欢笑地度这中秋节。

母亲!她们家里的母亲,也和你想我一样想着她们;她们也正如我般缱绻怀着母亲。

我们漂零的游子能凑合着在天涯一角的勉为欢笑，然而你们做母亲的，连凑合团聚，互谈谈你们心思的机会都莫有。因之，我想着母亲们的悲哀一定比女孩儿们的深沉！

我们缘着倾斜乱石、摇摇欲坠的城墙走，枯干一片，不见一株垂柳绿荫。砖缝里偶尔有几朵小紫花，也莫有西山上的那样令人注目；我想着这世界已是被人摒弃了的。

一路走着，她们在前边，我和清留在后边。我们谈了许多去年今日，去年此时的情景；并不曾令我怎样悲悼，我只低低念着：

惊节序，

叹沉浮，

秾华如梦水东流；

人间何事堪惆怅，

莫向横塘问旧游。

走到西直门，我们才雇好车。这条路前几月我曾走过，如今令我最惆怅的，便是找不到那一片翠绿的稻田，和那吹人醺醉的惠风；只感到一阵阵冷清。

进了门，清低低叹了口气，我问："为什么事你叹息？"

她莫有答应我。多少不相识的游人从我身旁过去,我想着天涯漂泊者的滋味,沉默地站在桥头。这时,清握着我手说:

"想什么?我已由万里外归来。"

母亲!你当为了她伤心,可怜她无父无母的孤儿,单身独影漂泊在这北京城;如今歧路徘徊,她应该向哪处去呢?纵然她已从万里外归来,我固然好友相逢,感到快愉。但是她呢?她只有对着黄昏晚霞,低低唤着她死了的母亲;只有望着皎月繁星洒几点悲悼父亲的酸泪!

猴子为了食欲,做出种种媚人的把戏,栏外的人也用了极少的诱惑,逗着它的动作;而且在每人的脸上,都轻泛着一层胜利的微笑,似乎表示他们是聪明的人类。我和清都感到茫然,到底怎样是生存竞争的工具呢?当我们笑着小猴子的时候,我觉着似乎猴子也正在窃笑着我们。

她们许多人都回头望着我们微笑,我不知道为了什么!琼妹忍不住了。她说:

"你看梅花小鹿!"

我笑了,她们也笑了;清很注意地看着栏里。琼妹过去推她说:

"最好你进去陪着它,直到月圆时候。"

母亲！梅花小鹿的故事，是今夏我坐在葡萄架下告诉过你的；当你想到时，一定要拿起你案上那只泥做的梅花小鹿，看着她是否依然无恙；母亲！这是我永远留着它伴着你的。

经过了眠鸥桥，一池清水里，漂浮着几个白鹅；我望着碧清的池水，感到四周围的寂静。我的心轻轻地跳了，在这样死静的小湖畔，我的心不知为什么反而这样激荡着？我寻着人们遗失了的，在我偶然来临的路上；然而却失丢了我自己静守着的，在这偶然走过的道上。

在这小桥上，我凝望着两岸无穷的垂柳。垂柳！你应该认识我，在万千来往的游人里，只有我是曾经用心的眼注视着你，这一片秋心，曾在你的绿荫深处停留过。

天气渐渐黯淡了，阳光慢慢叫云幕罩了；我们踏着落叶，信步走向不知道的一片野地里。过了福香桥，我们在一个小湖边的山石上坐着，清告诉我她在这里的一段故事。

四个月前清、琼、逸来到这里。过了福香桥有一个小亭，似乎是从未叫人发现过的桃源。那时正是花开得十分鲜艳的时候，逸和琼折下柳条和鲜花，给她编了一顶花冠，逸轻轻地加在她的头上。晚霞笑了，这消息已由风儿送遍园林，许多花草树林都垂头朝贺她！

她们恋恋着不肯走，然而这顶花冠又不能带出园去，只好仍请逸把她悬在柳丝上。

归来的那晚就接到翠湖的凶耗！清走了的第二个礼拜，琼和逸又来到这里，那顶花冠依然悬在柳丝上，不过残花败柳，已憔悴得不忍再睹。这时她们猛觉得一种凄凉紧压着，不禁对着这枯萎的花冠痛哭！不愿她再受风雨的摧残，拿下来把她埋在那个小亭畔；虽然这样，但是她却造成一段绮艳的故事。

我要虔诚地谢谢上帝，清能由万里外载着那深重的愁苦归来，更能来到这里重凭吊四月前的遗迹。在这中秋，我们能团集着；此时此景，纵然凄惨也可自豪自慰！

母亲！我不愿追想如烟如梦的过去，我更不愿希望那荒渺未卜的将来，我只尽兴尽情地快乐，让幻空的繁华都在我笑容上消灭。

母亲！我不敢欺骗你，如今我的生活确乎大大改变了，我不诅咒人生，我不悲欢人生，我只让属于我的一切事境都像闪电，都像流星。我时时刻刻这样盼着！当箭放在弦上时，我已想到我的前途了。

我们由动物园走到植物园，经过许多残茎枯荷的池塘、荒芜落叶的小径；这似我心湖一样的澄静死寂，这似我心湖边岸一样的枯憔荒凉。我在豳风堂前望着那一池枯塘，向韵姊说：

"你看那是我的心湖！"

她不能回答我，然而她却说：

"我应该向你说什么？"

我深深地了解她的心，她的心是这般凄冷。不过在这样旧境重逢时，她能不为了过去的春光惆怅吗？母亲！她是那年你曾鉴赏过她的大笔的；然而，她如椽的大笔，未必能写尽她心中的惆怅，因为她的愁恨是那样深沉难测呵！

天气阴沉得令人感着不快，每个人都低了头幻想着自己心境中的梦乡；偶然有几句极勉强的应酬话，然而不久也在沉寂的空气中消失了。

清似乎想起什么一样，站起身来领着我就走，她说："我领你到个地方去看看。"

这条道上，莫有逢到一个人。缘道的铁线上都晒着些枯干的荷叶，我低着头走了几十步，猛抬头看见巍峨高耸的四座塔形的墓。荒丛中走不过去，未能进去细看；我回头望望四周的环境，我觉着不如陶然亭的寥阔而且凄静，萧森而且清爽。陶然亭的月亮，陶然亭的晚霞，陶然亭的池塘芦花，都是特别为坟墓布置的美景，在这个地方埋葬几个烈士或英雄，确是很适宜的地方。

母亲！在陶然亭芦苇池塘畔，我曾照了一张独立苍茫的小像；当你看见它时，或许因为我爱的地方，你也爱它；我常常这样希望着。

我们见了颓废倾圮，荒榛没胫的四烈士墓，真觉为了我们的先烈难过。万牲园并不是荒野废墟，实不当忍使我们的英雄遗骨，受这般冷森和凄凉！就是不为了纪念先贤，也应该注意怎样点缀风景！我知道了，这或许便是中国内政的缩影吧！

隔岸有鲜红的山楂果，夹着鲜红的枫树，望去像一片彩霞。我和清拂着柳丝慢慢走到印月桥畔；这里有一块石头，石头下是一池碧清的流水；这块石头上，还刊着几行小诗，是清四月间来此假寐过的。她是这样处处留痕迹，我呢，我愿我的痕迹，永远留在我心上，默默地留在我心上。

我走到枫树面前，树上树下，红叶铺集着。远望去像一条红毡。我想拣一片留个纪念，但是我莫有那样勇气，未曾接触它前，我已感到凄楚了。母亲！我想到西湖紫云洞口的枫叶，我想到西山碧云寺里的枫叶；我伤心，那一片片绯红的叶子，都给我一样的悲哀。

月儿今夜被厚云遮着，出来时或许要到夜半，冷森凄寒，这里不能久留了；园内的游人都已归去，徘徊在暮云暗淡的道上的只有我们。

远远望见西直门的城楼时,我想当城圈里明灯辉煌,欢笑歌唱的时候,城外荒野尚有我们无家的燕子,在暮云底飞去飞来。母亲!你听到时,也为我们漂泊的游子伤心吗?

不过,怎堪再想,再想想可怜穷苦的同胞,除了悬梁投河,用死去办理解决一切生活逼迫的问题外,他们求如我们这般小姐们的呻吟而不可得。

这样佳节,给富贵人作了点缀消遣时,贫寒人却作了勒索生命的符咒。

七点钟回到学校,琼和清去买红玫瑰,芝和韵在那里料理果饼;我和侠坐在床沿上谈话。她是我们最佩服的女英雄,她曾游遍江南山水,她曾经过多少困苦;尤其令人心折的是她那娇嫩的玉腕,能飞剑取马上的头颅!我望着她那英姿潇洒的丰神,听她由上古谈到现今,由欧洲谈到亚洲。

八时半,我们已团团坐在这天涯地角、东西南北凑合成的盛宴上。月儿被云遮着,一层一层刚褪去,又飞来一块一块的絮云遮上;我想执杯对月儿痛饮,但不能践愿,我只陪她们浅浅地饮了个酒底。

我只愿今年今夜的明月照临我,我不希望明年今夜的明月照临我!假使今年此日月都不肯窥我,又哪能知明年此日我能望月！在这模糊阴暗的夜里，凄凉肃静的夜里，我已看见了此后的影事。母亲！逃躲的，自然努力去逃躲，逃躲不了的，也只好静待来临。

我想到这里，我忽然兴奋起来，我要快乐，我要及时行乐；就是这几个人的团宴，明年此夜知道还有谁在？是否烟消灰熄？是否风流云散？

母亲！这并不是不祥的谶语，我觉着过去的凄楚，早已这样告诉我。

虽然陈列满了珍馐，然而都是含着眼泪吃饭；在轻笼虹彩的两腮上，隐隐现出两道泪痕。月儿朦胧着，在这凄楚的宴上，不知是月儿愁，还是我们愁？

杯盘狼藉的宴上，已哭了不少的人；琼妹未终席便跑到床上哭了，母亲！这般小女孩，除了母亲的抚慰外，谁能解劝她们？琼和秀都伏在床上痛哭！这谜揭穿后谁都是很默然地站在床前，清的两行清泪，已悄悄地滴满襟头！她怕我难过，跑到院里去了。我跟她出来时，忽然想到亡友，他在凄凉的坟墓里，可知道人间今宵是月圆。

夜阑人静时，一轮皎月姗姗地出来；我想着应该回到我的寓所去了。到门口已是深夜，一轮明月悄悄地照着我归来。

月儿照了窗纱，照了我的头发，照了我的雪帐；这里一切连我的灵魂,整个都浸在皎清如水的月光里。我心里像怒涛涌来似的凄酸,扑到床缘,双膝跪在地下,我悄悄地哭了,在你的慈容前。

紫薇

缪崇群

楼边的一家邻居,家里只有一个老人和一个女孩子。起初我以为他们是祖孙,后来才晓得是翁媳;可是从来也没有看见他的儿子在那里,这个女孩据说是个童养媳。头发已经花白了的老人,除了耕种楼后面的一片山坡土地之外,还不得不卖着苦力为人抬滑竿或挑煤炭,所有的家事都由这个女孩料理着,养鸡养猪的副业,也由她一人经管着,她大约不过十三四岁。

因为是邻居,我看着这个小女孩的生长,就如同看见楼后的胡豆、包谷,或高粱……每天每天从土地里高茁了一些起来,形状也一天一天的变化不同了似的……只见日渐饱满,日渐活泼。

每天太阳落山,她背着一筐子锄草回来了。不久,她就要唤小鸡子上笼——这是一个颇麻烦的工作,一双一双都要唤齐,不对数目就不好交代;可是鸡并不如人那般听使唤,有时还免不了费她一番唇舌,或是夹杂一两句骂畜生埋怨人的话。等小鸡都齐了，又要去料理猪食，又要去提水，又要去烧火，听到人家喊一声："来捡西瓜皮呀！"又不得不飞也似的跑去，她绝不舍弃这些为猪调换调换口味的好饲料。

"这些鸡卖不卖？"

有一次，我故意这样问，虽然明明知道她不肯答应的。

"不卖的，还小。我们自家养的。"她拒绝的理由很简单很诚实。

"给你很多的钱呢？"我又提出这么一个条件。

"也不卖的。"她说着还笑了笑。

其实，我知道的理由，就是因为这些鸡子是小的；而且不拘大的小的，都不是买卖的，不过她并没有再说什么了。

昨天，黄昏的时刻，这个小女孩照例背着一筐子锄草回来了，手里还捧了一束花，粉红色的花。

我看着她从我们的楼口过去，走上她家的石坎，有一个褴褛的男孩正坐在那里。

我看见那个男孩没有言语地向她伸出一双手，她随即给了他一枝花，仅只一枝，不言语地放下草筐，径自回到屋里去了。

我看着那个男孩接过花来便送到鼻子上嗅着。

——花不见得都是美丽的，但是人们往往以为任何的花都是有着香气的，我一边静静地看着，一边默默地想着。

停了一会儿，她又捧着那束花出来，又向着我们的楼口走来了，似乎要去一个地方，想把这一束花送给一个人；仿佛这一束花本来为着谁才折回来似的。

迎着她的面，我突然向她伸出了我的一双手，像这样使手背向地，使手心向天，勇敢而不畏缩地，坦率不假思考地把自己的手掌伸向旁人面前的事，不要说在我的记忆不曾有过一次记录，就是在我的想象和意识中，恐怕也从来没有发生过这样的事情！

这一次，真是一个极端的例外，而且结果是成功了，那或者对着我面的是一个幼小者的缘故；是我有意和这个天真可爱的，在原野上生长起来的孩子开一次玩笑的缘故，就类似我前一次故意问她卖不卖鸡子的那个故事同一样的性质。

当我的手掌伸出了以后，不料她就把一束花完全给了我了。

我有些窘，惭愧，并且懊悔；为什么我要迎面捉住她，又伸手向她要花？使她中途折返了她所送往的地方赠与的对方呢！

"只要一枝好了。"我很过意不去这样申说着。

"山后边多得很。"她说，并没有允许我的这种"要求"。

（啊，多么好笑而可耻！大人们只得要求，请求，甚至于夺取，盗窃，或抢劫……而幼小者，孩子们，却早已知道，赠与和布施，她们如此的坦率，如此的慷慨，如此的大量，正好像一道夺丽无比的闪光，迅速地照进我们大人们肺腑的奥地；穿透了那些欺诈，那些伪装，那些伪善，那些堂皇的衣帽，那些彬彬的礼貌……）

这些花，并不美，也全无香气，我却学着孩子们，为她汲水，为她找一个安插的地方，把她供放在我的小书案上面了。

今天早晨，我又学着专家学者们似的，为这种不知名的花，找植物学辞典，翻《辞海》，才得了这么一条说明：

> 紫薇：落时亚乔木，高丈余，树皮细泽，叶椭圆形，对生，花红紫或白，花瓣多皱襞，夏日始开，秋季方罢，故又名百日红。

下午回来，我所刚认识了的紫薇花——百日红，我所崇高着的这种美丽、良善、久长的生命的象征，不知怎么却萎谢零散地落在满案了！为着这些有着"百日红"的别名的花，我觉得有些惆怅起来了。

能红百日的花，比较起来总算是花中的长者了，但生着，生着，红着，红着……也终究有她的日限的，百日了，或者零一日吧；千夜，或千零一夜吧！

然而，我并无任何的幻灭感。（这是我长大了起来的种种当然的知识、学问、修养与气质的总和？）除了那些在暖床上的，在怀抱里的，无论生于原野，长于山林，立于路边与园角的花，不拘有没有香和色，不拘生长得久或暂，不失掉她的本性，不转移她的根蒂，红一刹那，生不知夕。（那又有什么关系的呢？）

她们根本是不会幻灭的——生命不幻灭，就是因为永远的清澈的本性的泉源在灌溉着她。

母亲的欢喜
傅雷

久不提笔了。实在心绪太繁,思想太杂,要写也无从写起。春假归家一次,到校想写一篇归家杂记,可是只也写得一半,就以课忙丢了;其实也是思绪太乱的缘故吧!

春是早已过去了,"春色恼人",也已成了陈话;可是夏日炎炎,很有令人疏懒倦睡的景味。

每天总是躺在藤椅里,拿着蒲扇,劈劈拍拍,赶赶蚊虫。无聊地随手捡本诗来,刚读了两首,便又放下,自言自语替自己解说:天热了,用脑本不相宜的。

我的书房,总算是一个又幽静又凉快,又爽朗的好地方了。宜乎"明窗净几",用功个半天,那么两月也可有一月的成绩了。为何事实上总是翻开书来合上,其间不过半分钟啊!

昨天望他来,他竟没有来。失望中捡起他刚才的信:

复书昨晚方才收到。这几天天气很热,恐怕我这星期日未必能来，即使它晴好，实怕暑气逼人，请你谅我！你这个好宝货！我早就猜着了，不过起先不说罢了。不知现在却有几分可言……蚊子不让我多说一些，祝你！……

ZF 七，十六灯下

读到"你这个好宝货"一句，不禁使我想起他的诙谐的风度，更不禁为"好宝货"三字，引起我一段幽藏的情绪。

我前信里提及恐怕我不久要到 N 城去的话。我还说：此行于我精神上很有些愉快，虽然长途坐船，于身体是很不相宜的。朋友，你猜猜我愉快些什么？他回信里没有猜，只盘问我，我也就在最近一信里，复了他一个字——她，——于是他这封信竟说我好宝货了！

暑假归来，母亲就对我说起要到 N 城去吊丧的话，她说：K 表伯死了；你既在假中，不去似乎说不过去。不过天气这般热，这般远的水路，你虽然去，我总很担心，……当时的我，心弦颤动了。N 城中，K 表伯的同宗，不是有个她吗？母亲正替我担忧，我正庆幸这个好机会呢！坐船是我最怕的一件事，尤其是四五十里的长路，当这赤日当空的天气！可是为了求得一些精神上的愉快，就是牺牲些肉体的健康，也是值得的！

　　三四天后，母亲很高兴地告诉我，说她刚才从一个亲戚那里得了一个好消息：K表伯的开丧期改了，那时你校里必已开学，不用去了。真好运气！……我也安心了！……怪不得他们的讣闻至今还没有来……

　　当我听到……丧期改了，我顿时懊恼起来，满怀说不出的惆怅，可也不便十分显露出来，只茫然地顺口说了一句："唔，怪不得讣闻至今还没来。……"

　　母亲是欢喜极了，可是她的纯洁的爱子之心，又哪里会梦想她儿子的别有怀抱的同她相反的心！

　　哟母亲的欢喜……

鲁迅先生记

萧红

鲁迅先生家里的花瓶，好像画上所见的西洋女子用以取水的瓶子，灰蓝色，有点从瓷釉而自然堆起的纹痕，瓶口的两边，还有两个瓶耳，瓶里种的是几棵万年青。

我第一次看到这花的时候，我就问过：

"这叫什么名字？屋里既不生火炉，也不冻死？"

第一次，走进鲁迅家里去，那是快近黄昏的时节，而且是个冬天，所以那楼下室稍微有一点暗，同时鲁迅先生的纸烟，当它离开嘴边而停在桌角的地方，那烟纹的卷痕一直升腾到他有一些白丝的发梢那么高。而且再升腾就看不见了。

"这花，叫'万年青'，永久这样！"他在花瓶旁边的烟灰盒中，抖掉了纸烟上的灰烬，那红的烟火，就越红了，好像一朵小红花似的，和他的袖口相距离着。

"这花不怕冻？"以后，我又问过，记不得是在什么时候了。

许先生说："不怕的，最耐久！"而且她还拿着瓶口给我摇着。

我还看到了那花瓶的底边是一些圆石子,以后,因为熟识了的缘故,我就自己动手看过一两次,又加上这花瓶是常常摆在客厅的黑色长桌上;又加上自己是来在寒带的北方,对于这在四季里都不凋零的植物,总带着一点惊奇。

而现在这"万年青"依旧活着,每次到许先生家去,看到那花,有时仍站在那黑色的长桌上,有时站在鲁迅先生照像的前面。

花瓶是换了,用一个玻璃瓶装着,看得到淡黄色的须根,站在瓶底。

有时候许先生一面和我们谈论着,一面检查着房中所有的花草。看一看叶子是不是黄了?该剪掉的剪掉,该洒水的洒水,因为不停地动作是她的习惯。有时候就检查着这"万年青",有时候就谈着鲁迅先生,就在他的照像前面谈着,但那感觉,却像谈着古人那么悠远了。

至于那花瓶呢?站在墓地的青草上面去了,而且瓶底已经丢失,虽然丢失了也就让它空空地站在墓边。我所看到的是从春天一直站在秋天;它一直站到邻旁墓头的石榴树开了花而后结成了石榴。

从开炮以后,只有许先生绕道去过一次,别人就没有去过。当然那墓草是长得很高了,而且荒了,还说什么花瓶,恐怕鲁迅先生的瓷半身像也要被荒了的草埋没到他的胸口。

我们在这边,只能写纪念鲁迅先生的文章,而谁去努力剪齐墓上的荒草?我们是越去越远了,但无论多么远,那荒草是总要记在心上的。

玲子

穆时英

淡淡的日影斜映到窗纱上，在这样静谧的、九月的下午，我又默默地怀念着玲子了。

玲子是一个明媚的、南国的白鸽，怎样认识她的事，现在是连一点实感也没有了，可是在我毕业的那一学期，她像一颗绯色的彗星似的涌现了出来，在我的干枯的生命史上，装饰了罗曼蒂克的韵味，这中间的经历，甚至顶琐碎的小事，在我记忆里边，还是很清晰地保存了的。

是一千九百二十六年吧，在英美诗的课堂上有一个年纪很小、时常穿一件蔚蓝的布旗袍的、娟丽的女生，看起来很天真，对于世事像不知道什么似的，在我们谛听长胡子的约翰生博士讲述维多利亚朝诸诗人的诗篇时，总是毫不在意地望着窗外远处校园里的喷水池在嘴边浮着爽朗的笑，这人就是玲子。

大概是对于文学的基础知识也不大具备的缘故吧，把约翰生博士指定的几篇代表作，她是完全用读《撒克逊劫后英雄略》，读《侠隐记》那样的态度来读的，所以约翰生博士叫她站起来批评丁尼孙的时候，可笑而庸俗的思想就从那张雅致的小嘴里流了出来。严肃的约翰生博士便生起气来，严厉地教训了她。

"用你那样的话去称赞一代的文才，在你当作一个文学研究者是一种耻辱，在丁尼孙是一种侮辱。"

她也并不觉得难受，只是望着约翰生博士的胡子嘻嘻地笑，很明显地，她一点也不明白为什么她的意见对于她是一种耻辱。"你是竭力称善了丁尼孙，我不是比你还过分地称誉了他么？"那样的意思是刻画在她的脸上。

"懂了么？对于丁尼孙这是一种侮辱，不可容忍的侮辱！一个人说的话应该负一点责任，不能随意指责，或是胡乱吹捧。记着，孩子，口才是银的，沉默是金的，这是一句格言。滔滔雄辩还抵不过一个有思想的哲人的微笑，何况你的胡说！"

她却出乎意外地说出这样有趣的话："是的，先生，可是一定要我站起来说的不就是你么？"

这一下，约翰生博士是完全失败了："顽皮的孩子！顽皮的孩子！"喃喃地说着，颓丧地坐了下去。

面对着那样的喜剧，我们不由全笑了起来。

下了课，在走廊里边，约翰生博士叫住了我，抚着玲子的柔顺的头发对我说道："你找几本书给这位小妹妹念念吧，她真是什么也不懂。"

从那天起我便做了她的导师，我指定了几部罗曼主义的小说给她看，如《沙弗》《少年维特之烦恼》一类的书，每天在上英美诗这一课以前一个钟头，我替她解释史文朋和白朗宁，在一些晴朗的下午，在校园里碰到她，便坐在日晷上，找一点文学的题材跟她谈了。她是一个有着非常好的天资的人，联想力很丰富，悟性也好，如果好好地培养起来，是不难成为一个第一流的作家的。那时她差不多天天和我在一起，我们时常在校外的煤屑路上悉悉地踏着黄昏时的紫霞，从挂在天边的夕云谈到她脚上的鞋跟。在星期六的下午，我们便骑着脚踏车，带了许多水果、糖、饼干和雪莱的抒情诗集，跑到十里路外的狩猎协会的猎场里边去辟克匿克①。

猎场旁边有一道透明的溪流，岸上种着一些杂树，我们时常在一棵高大的菩提树旁边坐下来，靠着褐色的树干，在婆娑的枝叶下开始我们的野餐，读我们的诗。她是不大肯静静地坐一个钟头的，碰到温暖而绮丽的好天气，她就像一只小鹿似的在那块广漠的原野上奔跑起来了。她顶喜欢用树枝

---

① 英语 picnic 的音译，意为野餐。

去掘蚂蚁穴，蹲在地上看蚂蚁王怎样率领着一长串的人民避难。她又喜欢跑得很远，躲在树枝后面，用清脆的、银铃似的声音叫着我的名字，引我去找她；从辽远的天边，风飘着她的芬芳的声音，在这无际的草原上摇曳着：那样的景象将永远埋在我心里吧！

等我读倦了书，抬起头来时，就会看到她默默地坐在我身旁，衫角上沾满了蒙茸的草茨子，望着地平线上的天主教寺的白石塔和塔顶的十字架，在想着什么似的脸色，在她眼里有一点柔情，和一点愁思。我点上了烟卷，仰着头，把烟圈往飘渺的青空喷去，她便会回过头来，恨恨地说道：

"你瞧，这么好的天气！"

也许那时我是被书和烟熏陶得太利害吧，对于在她这句话里边包含着的心境是一点也没有领会到；在我的印象里边，正像约翰生博士说的，只是一个顽皮的孩子，一个什么也不懂的小妹妹而已。

在暮色里并骑着脚踏车，缓缓地沿着那条朴素的乡间大路回去的时候，她就高兴起来：

"现在你总不能再看书了！"便哩哩啦啦地唱着古典的波兰舞曲，望着那条漫长的路，眼睫毛在她眼上织起了一层五月的梦，她的褐色的眸子，慢慢地暗下去，变成那么温柔的黑色，而嘴角的笑意却越来越婉约了。

那样的黄金色的好日子散布在我的最后的一学期里，这位纯洁的圣处女也在我的培养下，慢慢地成长了起来。可是命运真是玄妙的东西，如果那时我在十八世纪法国百科全书派的学说上少下些功夫，多注意点她的理性的发展，她的情绪的潜流，那么，以后她的历史便会跟现在不同，我也不会成为现在那样的一个人了吧。我所介绍给她的读物里边太偏重于罗曼主义的作品，她的感情，正和那时的年青人一样地、畸形地发达起来，那颗刚发芽的花似的心脏已经装满了诗人气分，就是在日常的谈话里边也濡染了很浓重的抒情倾向，到学期快完时，她已经是一个十分敏感的女性了。我是她思想上和行动上的主宰，我是以她的保护人的态度和威严去统治了她，对于在一个从教会学校的保姆制度下解放出来、刚和异性接近的、十八岁少女的、奔马似的下层感情我是完全忽略了的，直到毕业考试那几天，她忽然变态地伤感起来、兴奋起来的时候，还是没有发现蕴藏在她的纯朴的感情里边的秘密。

在举行毕业礼的前一天，我从教授们的公宴席上回来，稍微有一点酒意，一个人带着只孟特琳①走到校园里，想借音

---

① 孟特琳：现译为曼陀铃。一种八弦弹拨乐器，起源于意大利。音色清脆干净，空灵美妙。

乐来消遣这酒后的哀愁。

那天恰巧有着很好的下弦月,在清凉的月色里边,我们的宿舍默默地站立着,草地下铺满了树叶的阴影,银色的喷泉从池水里女神的头发上缤纷地抛散着跳跃的水珠,池旁徘徊着一些人影。是喝了太多的酒吧,对于这快要离别了的大学风景,有了依恋的游子的心。在这里不是埋葬了四年青春的岁月,埋葬了我的笑,我的悲哀么?

不会忘记这座朱漆的藏书楼里边的温煦的阳光,那些教授们的秃头,和门房的沙嗓子的!太息着在日晷上坐了下来,我听到一个柔情的声音在唱着《卡洛丽娜之月》,那怀念和思恋的调子,从静谧的夜色里边悄悄地溜了过来。

卡洛丽娜的月色铺在我们旧游地,

当蔷薇开遍在家园的时候,

玛莎,你还记得我的名字么?

抚摸着日晷上的大理石,伤感到差一点流下泪来。这是一支古典的小曲,而那在唱着的声音,不正是熟悉的玲子的声音么?于是我轻轻地弹着孟特琳唱起来了,向着这温柔的春夜倾吐了我的忧郁,沉醉在自己的声音里边,闭上了眼。等我唱完了那支曲子,睁开眼来的时候,一个颤抖的声音在我耳边说:"再唱一遍吧,你是唱得多么好呵!"

坐在我身旁的正是玲子，她的嘴抽搐着，她没看我，只望着远处插在天边的树叶的苍姿，她捉住我的手，她的全个身子在颤抖着，忽然，我什么都明白了，我明白为什么她会一个人坐在校园里，我明白她的眼色，也明白了我自己的哀愁。我抓住了她的肩膀，她的脸在我的脸下面那么痛苦地苍白着，她是那么勇敢地看着我，想看到我灵魂里边去似的。她没说话，我也没有说话，可是我在心里低低地叫着她的名字。猛地，她的脸凑了上来，用手臂抱住了我的脖子，我看见一张嘴微微地张开着在渴望着什么似的喘息着，便吻了下去。一分钟以后，她推开了我，坐在我前面用责骂似的眼光透视着我，于是，眼泪从她脸上簌簌地掉了下来。

　　在日晷上，我们坐了一晚上，没有讲一句话。第二天，我不等行毕业礼，便车着铺盖、行李，扔下了这朵在我的心血的温室里培养起来的名贵的琼花，为着衣食，奔波到千里外的新加坡去了。此后，我就不曾看见过她，也没一个人告诉我一些关于她的消息，可是，在我一个人坐到桌前，便默默地想起她来。愿上帝祝福她呵，祝福这个纯洁的灵魂！

旧宅

穆时英

谕南儿知悉：我家旧宅已为俞老伯购入，本星期六为其进屋吉期，届时可请假返家，同往祝贺。切切。

父字十六日

读完了信，又想起了我家的旧宅，便默默地抽一支淡味的烟，在一种轻淡的愁思里边，把那些褪了色的记忆的碎片，一片片地捡了起来。

旧宅是一座轩朗的屋子，我知道这里边有多少房间，每间房间有多少门，多少灯，我知道每间房间墙壁上油漆的颜色，窗纱的颜色，我知道每间房间里有多少钉——父亲房间里有五枚，我的房间有三枚。本来我的房间里是一枚也没有的，那天在父亲房间里一数有五枚钉，心里气不过，拿了钉去敲在床前地板上，刚敲到第四枚，给父亲听见了，跑上来打了我十下手心，吩咐下次不准，就是那么琐碎的细事也还记得很清楚。

还记得园子里有八棵玫瑰树，两棵菩提树，还记得卧室窗前有一条电线，每天早上醒来，电线上总站满了麻雀，冲着太阳歌颂着新的日子，还记得每天黄昏时，那叫作根才的老园丁总坐在他的小房子里吹笛子，他是永远戴着顶帽结子往下陷着点儿的、肮脏的瓜皮帽的。还记得暮春的下午，时常坐在窗前，瞧屋子外面那条僻静的路上，听屋旁的田野里杜鹃的双重的啼声。

那时候我有一颗清静的心，一间清净的、奶黄色的小房间。我的小房间在三楼，窗纱上永远有着电线的影子，白鸽的影子，推开窗来，就可以看到青天里一点点的、可爱的白斑痕，便悄悄地在白鸽的铃声里怀念着人鱼公主的寂寞，小铅兵的命运。

每天早上一早就醒来了，屋子里静悄悄的没一点人声，只有风轻轻地在窗外吹着，像吹上每一片树叶似的。躺在床上，把枕头底下的《共和国民教科书》第五册掏出来，低低地读十遍，背两遍，才爬下床来，赤脚穿了鞋子走到楼下，把老妈子拉起来叫给穿衣服，洗脸。有时候，走到二层楼，恰巧父亲们打了一晚上牌，还没睡，正在那儿吃点心，便给妈赶回来，叫闭着眼睡在床上，说孩子们不准那么早起来。

睡着睡着，挨了半天，实在挨不下去了，再爬起来，偷偷地掩下去，到二层楼一拐弯，就放大了胆达达地跑下去：

"喝，小坏蛋，又逃下来了！"妈赶出来，一把抓回去，打了几下手心才给穿衣服。

跟着妈走到下面，父亲就抓住了给洗脸，闹得一鼻子一耳朵的胰子沫，也不给擦干净。拿手指挖着鼻子孔，望着父亲不敢说话。大家全望着笑。心里气，又不敢怎么着，把胰子沫全抹在妈身上，妈笑着骂，重新给洗脸，叫吃牛奶。吃了牛奶，抹抹嘴，马上就背了书包上学校；妈总说：

"傻子，又那么早上学校去了，还只七点半呢。"

晚上放学回去，总是一屋子的客人，烟酒，和谈笑。父亲总叼着雪茄坐在那儿听话匣子里的"洋人大笑"，听到末了，把雪茄也听掉了，腰也笑弯了，一屋子的客人便也跟着笑弯了腰。父亲爱喝白兰地，上我家来的客人也全爱喝白兰地；父亲爱上电影院，上我家来的客人也全爱上电影院；父亲信八字，大家就全会看八字。他们会从我的八字里边看出总统命来。

"世兄将来真是了不得的人物！我八字看多了，就没看见过那么大红大紫的好八字。"

父亲笑着摸我的脑袋，不说话；他是在我身上做着黄金色的梦呢。每天晚上，家里要是没有客人，他就叫我坐在他旁边读书，他闭着眼，抽着烟，听着我。他脸上得意的笑劲儿叫我高兴得一遍读得比一遍响。读了四五遍，妈就赶着叫我回去睡觉。她是把我的健康看得比总统命还要重些的。妈喜欢打牌，不十分管我，要父亲也别太管紧了我，老跟父亲那么说：

"小孩子别太管严了，身体要紧，读书的日子多着呢！"

父亲总笑着说："管孩子是做父亲的事情，打牌才是你的本分。"

真的，妈的手指是为了骨牌生的，这么一来，父亲的客人就全有了爱打牌的太太。我上学校去的时候，她们还在桌子上做中发白的三元梦；放学回来，又瞧见她们精神抖擞地在那儿和双翻了。走到妈的房间里边，赶着梳了辫子的叫声姑姑，见梳了头的叫声丈母。那时候差不多每一个女客人都是我的丈母，这个丈母搂着我心肝、乖孩子地喊一阵子，那个丈母跟我亲亲热热地说一会儿话，好容易才挣了出来，到祖母房间里去吃莲心粥。是冬天，祖母便端了张小椅子放在壁炉前面，叫我坐着烤火，慢慢儿地吃莲心粥。天慢慢儿地暗下来，炉子里的火越来越红了，我有了一张红脸，祖母也有了一张红脸，坐在黑影里边喃喃地念佛，也不上灯。看看

地上的大黑影子,再看看炉子里烘烘地烧着的红火,在心里边商量着还是如来佛大,还是玉皇大帝大。就问祖母:

"奶奶,如来佛跟玉皇大帝谁的法力大?"

祖母笑说:"傻子,罪过。"

便不再做声,把地上躺着的白猫抱上,叫睡在膝盖儿上不准动,猫肚子里打着咕噜,那只大钟在后边儿嗒嗒地走,我静静儿地坐着,和一颗平静空寂的心脏一同地。

是夏天,祖母便捉住我洗了个澡,扑得我一脸一脖子的爽身粉,拿着莲心粥坐到园子里的菩提树下,缓缓地挥着扇子。躺在藤椅上,抬起脑袋来瞧乌鸦成堆地打紫霞府下飞过去。那么寂静的夏天的黄昏,藤椅的清凉味,老园丁的幽远的笛声,是怎么也不会忘了的。

一颗颗的星星,夜空的眼珠子似的睁了满天都是,祖母便教我数星:

"牛郎星,织女星,天上有七十六颗扫帚星,八十八颗救命星,九十九颗白虎星……"

数着数着便睡熟在藤椅里了,醒来时却睡在祖母床上,祖母坐在旁边,拿扇子给我赶蚊子,手里拿着串佛珠,打翻了一碗豆似的,悉悉地念着心经。我一动,她就接着我叫慢着起来说:

"刚醒来，魂灵还没进窍呢。"

便静静地躺在床上。

那只大灯拉得低低的压在桌子上面，灯罩那儿还扎了条大手帕，不让光照到我脸上。桌子上面放了一脸盆水。数不清的青色的小虫绕着电灯飞，飞着飞着就掉到水里边。那些青色的小虫都是我的老朋友，我天天瞧它们绕着灯尽飞，瞧它们糊糊涂涂地掉到水里边。祖母房间里的东西全是我的老朋友，到现在我还记得它们的脸，它们的姿态的：床上的那只铜脚炉生了一脸的大麻子，做人顶诚恳，跟你讲话就像要把心掏出来你看似的；挂在窗前的那柄纱团扇有着轻佻的身子；那些红木的大椅子、大桌子、大箱大柜全生得方头大耳，挺福相的。

躺到七点钟模样，才爬起来，到楼上和妈一同吃饭，每天晚餐里总有火腿汤的，因为我顶爱喝火腿汤。吃了饭，就独自个儿躲在房间里，关上了房门，爬在桌子底下，把一些家私掏出来玩着。我有一只小铁箱，里边放了一颗水晶弹子，一张画片，一只很小的金元宝，一块金锁片，一只水钻的铜戒指，一把小手枪，一枚针——那枚针是我的奶妈的，她死的时候，我便把她扎鞋帮的针偷了来，桌子底下的墙上有一个洞，我的小铁箱就藏在这里边，外面还巧妙地安了层硬纸，不让人家瞧见里边的东西。

抓抓这个，拿拿那个，过了一会儿，玩倦了，就坐在桌子底下喊老妈子。老妈子走了进来，一面咕噜着：

"这么大的孩子，还要人家给脱衣服。"一面把我按在床上，狠狠地给脱了袜子、鞋子，放下了帐子，把床前的绿纱灯开了，就走了。

躺着瞧那绿纱里的一朵安静的幽光，蒙眬地想着些夏夜的花园、笛声、流水、月亮、青色的小虫，又蒙眬地做起梦来。

礼拜六，礼拜天，和一些放假的日子也待在家里，那些悠长的、安逸的下午，我总坐在园子里，和老园丁，和祖母一同地听他们讲一些发了霉的故事、笑话，除了上学校、新年里上亲戚家里拜年，是不准走到这屋子外面去的。我的宇宙就是这座屋子，这座屋子就是我的宇宙，就为了父亲在我身上做着黄金色的梦：

"这孩子，我就是穷到没饭吃，也得饿着肚子让他读书的。"那么地说着，把我当了光宗耀祖的千里驹，一面在嘴犄角儿那儿浮上了得意的笑。父亲是永远笑着的，可是在他的笑脸上有着一对沉思的眼珠子。他是个刚愎、精明、会用心计，又有自信力的人。那么强的自信力！他所说的话从没一句错的，他做的事从没一件错的。时常做着些优美的梦，可是从不相信他的梦只是梦；在他前半世，他没受过挫折，永远生存在泰然的心境里，他是愉快的。

母亲是带着很浓厚的浪漫蒂克的气分的，还有些神经质。她有着微妙敏锐的感觉，会听到人家听不到的声音，看到人家看不到的形影。她有着她自己的世界，没有第二个人能跑进去的世界，可是她的世界是由舒适的物质环境来维持着的，她也是个愉快的人。

祖母也是个愉快的人，我就在那些愉快的人、愉快的笑声里边长大起来。在十六岁以前，我从不知道人生的苦味。

就在十六岁那一年，有一天，父亲一晚上没回来。第二天，放学回去，屋子里静悄悄的没一点牌声、谈笑声，没一个客人，下人们全有着张发愁的脸。父亲独自个儿坐在客厅里边，狠狠地抽着烟，脸上的笑劲儿也没了，两圈黑眼皮，眼珠子深深地陷在眼眶里边。只一晚上，他就老了十年，瘦了一半。他不像是我的父亲；父亲是有着愉快的笑脸，沉思的眼珠子，蕴藏着刚毅坚强的自信力的嘴的。他只是一个颓丧、失望的陌生人。他的眼珠子里边没有光，没有愉快，没有忧虑，什么都没有，只有着白茫茫的空虚。走到祖母房里，祖母正闭着眼在那儿念经，瞧我进去，便拉着我的手，道：

"菩萨保佑我们吧！我们家三代以来没做过坏事呀！"

到母亲那儿去,母亲却躺在床上哭。叫我坐在她旁边,唠唠叨叨地,跟我诉说着:

"我们家毁了!完了,什么都完了!以后也没钱给你念书了!全怪你爹做人太好,太相信人家,现在可给人家卖了!"

我却什么也不愁,只愁以后不能读书;眼前只是漆黑的一片,也想不起以后的日子是什么颜色。

接着两晚上,父亲坐在客厅里,不睡觉也不吃饭,也不说话,尽抽烟,谁也不敢去跟他说一声话;妈躺在床上,肿着眼皮病倒了。一屋子的人全悄悄的不敢咳嗽,踮着脚走路,凑到人家耳朵旁边低声地说着话。第三天晚上,祖母哆嗦着两条细腿,叫我扶着摸到客厅里,喊着父亲的名字说:

"钱去了还会回来的,别把身体糟坏了。再说,英儿今年也十六岁了,就是倒了霉,再过几年,小的也出世了,我们家总不愁饿死。我们家三代没做过坏事啊!"

父亲叹了口气,两滴眼泪,蜗牛似的,缓慢地,沉重地从他眼珠子里挂下来,流过腮帮儿,笃笃地掉到地毡上面。我可以听到它的声音,两块千斤石跌在地上似的,整个屋子,我的整个的灵魂全震动了。过了一会儿,他才开口道:

"想不到的!我生平没伤过阴,我也做过许多慈善事业,老天对我为什么那么残酷呢！早几天，还是一屋子的客人，一倒霉，就一个也不来了。就是来慰问慰问我，也不会沾了晦气去的。"

又深深地叹息了一下。

"世界本来是那么的。色即是空，空即是色——菩萨保佑我们吧！"

"真的有菩萨吗？嘻！"冷笑了一下。

"胡说！孩子不懂事。"祖母念了声佛，接下去道，"还是去躺一会儿吧。"

八十多岁的老母亲把五十多岁的儿子拉着去睡在床上，不准起来，就像母亲把我按在床上，叫闭着眼睡似的。

上了几天，我们搬家了。搬家的前一天晚上，我把桌子底下的那只小铁箱拿了出来，放了一张纸头在里边，上面写着：

"应少南之卧室，民国十六年五月八日。"去藏在我的秘密的墙洞里，找了块木片把洞口封住了；那时原怀了将来赚了钱把屋子买回来的心思的。

搬了家，爱喝白兰地的客人也不见了，爱上电影院的客人也不见了，跟着父亲笑弯了腰的客人也不见了，母亲没有了爱打牌的太太们，我没有了总统命，没有了丈母，没有奶黄色的小房间。

每天吃了晚饭，屋子里没有打牌的客人，没有谈笑的客人，一家人便默默地怀念着那座旧宅，因为这里边埋葬了我的童年的愉快，母亲的大三元，祖母的香堂和父亲的笑脸。只有一件东西父亲没忘了从旧宅里搬出来，那便是他在我身上的黄金色的梦。抽了饭后的一支烟，便坐着细细地看我的文卷，教我学珠算，替我看临的《黄庭经》。时常说："书算是不能少的装饰品，年纪轻的时候，非把这两件东西弄好不可的。"就是在书算上面，我使他失望了。临了一年多《黄庭经》，写的字还像爬在纸上的蚯蚓，珠算是稍为复杂一点的数目便会把个十百的位置弄错了的。因为我的书算能力的低劣，对我的总统命也怀疑起来。每一次看了我的七歪八倒的字和莫名其妙的得数，一层铅似的忧郁就浮到他脸上。望着我，尽望着我；望了半天，便叹了口气，倒在沙发里边，揪着头发：

"好日子恐怕不会再回来了！"

我不敢看他的眼珠子，我知道他的眼珠子里边是一片空白，叫我难受得发抖的空白。

那年冬天，祖母到了她老死的年龄，在一个清寒的十一月的深夜，她闭上了眼睑。她死得很安静，没喘气，也没挣拗，一个睡熟了的老年人似的。她最后的一句话是对父亲说的：

"耐着心等吧，什么都是命，老天会保佑我们的。"

父亲没说话，也没淌眼泪，只默默地瞧着她。

第二年春天，父亲眼珠子里的忧郁淡下去了，暖暖的春意好像把他的自信力又带了回来，脸上又有了愉快的笑劲儿。那时候我已经住在学校里，每星期六回来总可以看到一些温和的脸，吃一顿快乐的晚饭，虽说没有客人，没有骨牌，没有白兰地，我们也是一样地装满了一屋子笑声。因为父亲正在拉股子，预备组织一个公司。他不在家的时候，母亲总和我对坐着，一对天真的孩子似的说着发财以后的事：

"发了财，我们先得把旧宅赎回来。"

"我不愿意再住那间奶黄色的小房间了，我要住大一点的。我已经是一个大人咧。"

"快去骗个老婆回来！娶了妻子才让你换间大屋子。"

"这辈子不娶妻子了。"

"胡说，不娶妻子，生了你干吗？本来是要你传宗接代的。"

"可是我的丈母现在全没了。"

"我们发了财，她们又会来的。"

"就是娶妻，我也不愿意请从前上我们家来的客人。"

"那些势利的混蛋,你瞧,他们一个也不来了。"

"我们住在旧宅里的时候,不是天天来的吗?"

"我们住在旧宅里的时候,天天有客人来打牌的。"

"旧宅啊!"

"旧宅啊!"

母亲便睁着幻想的眼珠子望着前面,望着我望不到的东西,望着辽远的旧宅。

"总有一天会把旧宅赎回来的。"

在空旷的憧憬里边,我们过了半个月活泼快乐的日子;我们扔了丑恶的现实,凝视着建筑在白日梦里的好日子。可是,有一天,就像我十六岁时那一天似的,八点钟模样,父亲回来了,和一双白茫茫的眼珠子一同地。没说话,怔着坐了一会儿,便去睡在床上。半晚上,我听到他女人似的哭起来。第二天,就病倒了。那年的暑假,我便在父亲的病榻旁度了过去。

"人真是卑鄙的动物啊!我们还住在旧宅里边时,每天总有两桌人吃饭,现在可有一个鬼来瞧瞧我们没有?我病到这步田地,他们何尝不知道!许多都是十多年的老朋友了,许多还是我一手提拔出来的,就是来瞧瞧我的病也不会损了他们什么的。人真是卑鄙的动物啊!我们还住在旧宅里边时，害了一点伤风咳嗽就这个给请大夫，那个给买药，忙得屁滚尿流——对待自己的父亲也不会那么孝顺的，我不过穷了一点，不能再天天请他们喝白兰地，看电影，坐汽车，借他们钱用罢咧，已经看见我的影子都怕了。要是想向他们借钱，真不知道要摆下怎样难看的脸子！往后的日子长着呢！……"喃喃地诉说着，末了便抽抽咽咽地哭了起来。

这不是病，这是一种抑郁；在一些抑郁的眼泪里边，父亲一天天地憔悴了。

在床上躺了半年，病才慢慢儿地好起来，害了病以后的父亲有了颓唐的眼珠子，蹒跚的姿态，每天总是沉思地坐在沙发里咳嗽着，看着新闻报本埠附刊，静静地听年华的跫音枯叶似的飘过去。他是在等着我，等我把那座旧宅买回来。是的，他是在耐着心等，等那悠长的四个大学里的学年。可是，在这么个连做走狗的机会都不容易抢到的社会里边，有什么法子能安慰父亲颓唐的暮年呢？

我的骨骼一年年地坚实起来，父亲的骨骼一年年地脆弱下去。到了我每天非刮胡髭不可的今年，每天早上拿到剃刀，想起连刮胡髭的兴致和腕力都没有了的父亲，我是觉得每一根胡髭全是生硬地从自己的心脏上面刮下来的。时常好几个礼拜不回去；我怕，我怕他的眼光。他的眼光在——

"喝吧，吃吧，我的血，我的肉啊！"那么地说着。

我是在喝着他的血，吃着他的肉；在他的血肉里边，我加速度地长大起来，他加速度地老了。他的衰颓的咳嗽声老在我耳朵旁边响着，每一口痰都吐在我心脏上面。逃也逃不掉的，随便跑到哪儿，他总在我耳朵旁边咳嗽着，他的抑郁的眼珠子总望着我。

到了星期六，同学们高高兴兴地回家去，我总孤独地待在学校里。下午，便独自个儿坐在窗前，望着寂寞的校园，瘖瘖地：

"要是在旧宅里的时候，每星期回去可以找到一个愉快的父亲的。"怀念着失去了的旧宅里的童年，"父亲也在怀念着吧？怀念一个旧日的恋人似的怀念着吧！"

六年不见了的旧宅也该比从前苍老得多了，真想再到这屋子里边去看一次，瞧瞧我的老友们，那间奶黄色的小房间，床根那儿的三枚钉，桌子底下墙洞里的小铁箱。接到父亲的信的那星期六下午——是一个晴朗的五月的下午，淡黄的太阳光照得人满心欢喜，父亲的脸色也明朗得多——和父亲一同地去看我们的旧宅，去祝贺俞老伯的进屋吉期。

那条街比从前热闹得多了，我们的屋子的四面也有了许多法国风的建筑物，街旁也有了几家铺子，只是我们的屋子的右边，还是一大片田野，中间那座倾斜的平房还站在那儿，就在腰上多加了一条撑木，粉墙更黝黑了一点。旧宅也苍老了许多，爬在墙上的紫藤已经有了昏花的眼光，那间奶黄的小房间的窗关着，太阳光照在上面，看不出里边窗纱的颜色，外面的百叶窗长了一脸皱纹，伸到围墙外面来的菩提树有了婆娑的姿态。

我们到得很早，客厅里只三个客人，客厅里的陈设和从前差不多，就多了只十二灯的落地无线电收音机。俞老伯不认识我了，从前他是时常到我家来的，搬了家以后，只每年新年里边来一次，今年却连拜年也没来。他见了我，向父亲说：

"就是少南吗？这么大了！"

"日子真容易过，在这儿爬着学走路还像是昨天的事，一转眼已经二十多年了。"

"可不是吗，那时候我们年纪轻，差不多天天在这屋子里打牌打一通夜，现在兴致也没了，精力也没了。"

"搬出了这屋子以后的六年，我真老得厉害啊！"父亲叹息了一下，望着窗外的园子不再做声。

俞老伯便回过身来问我在哪儿念书，念的什么科，多咱能毕业，听我说念的文科，他就劝我改理科，说了一大篇中国缺少科学人才的话。

坐了一会儿,客人越来越多了,他们谈着笑着。俞老伯说过几天公债一定还要跌,他们也说公债还要跌;俞老伯说东,他们连忙说东,说西,也连忙说西。父亲只默默地坐着,他在想六年前的"洋人大笑";想那些跟着他爱喝白兰地的客人,跟着他爱上电影院的客人;想他的雪茄;想他的沙发。

"去瞧瞧你的屋子。"父亲站了起来,又对我说,"跟我去瞧瞧吧,六年没来了。"

"你们爷儿俩自己去吧,我也不奉陪了,反正你们是熟路。"俞老伯说。

"对了,我们是熟路。"一层青色的忧郁从父亲的明朗的脸色上面掠了过去。

我跟在他后面,走到客厅后边楼梯那儿。在楼梯拐弯那儿,父亲忽然回过身子来:

"你知道这楼梯一共有几级?"

"五十二级。"

"你倒还记得,这楼梯得拐三个弯,每一个拐弯有十四级。造这屋子是我自己打的图样,所以别的事情不大记得清楚,这屋子里有几粒灰尘我也记得起来的。每一级有两英尺阔,十英寸高,八英尺长,你量一下,一分不会错的。"

说着说着到了楼上，父亲本能地往他房里走去。墙上本来是漆的淡绿色的漆，现在改漆了浅灰的。瞎子似的，他把手摸索着墙壁，艰苦地，一步步地挨进去。他的手哆嗦着，嘴也哆嗦着，低得听不见的话从他的牙齿里边漏出来：

"我们的床是放在那边窗前的，床旁边有一只小几，几上放着只烟灰盘，每晚上总躺在床上抽支烟的。几上还有盏绿纱罩着的灯——还在啊，可是换了红纱罩了。"

走到灯那儿，转轻地摸着那盏灯，像摸一个儿子的脑袋似的。

"他们为什么不把床放在这儿呢？"看看天花板，又仔细地看每一块地板："现在全装了暗线了，地板倒还没有坏，这是柚木镶的，不会坏的，我知道，我知道得很清楚，因为这屋子是我造的，这房间里我睡过十八年，是的，我睡过十八年，十八年，十八年……"

隔壁房间里正在打牌，那间房子本来是母亲的客厅和牌室，大概现在也就是俞太太的客厅和牌室了吧，一些女人的笑声和孩子们的声音很清晰地传到这边来，就像六年前似的。

"再到别的房间去瞧瞧吧。"父亲像稍为平静了些，只是嘴唇还哆嗦着。

走过俞太太的客厅的时候，只见挤满了一屋子的，年轻的、年老的太太们。

"六年前,这些人全是我的丈母呢!"那么地想着。

父亲和俞太太招呼了一下:"来瞧瞧你们的新房子。"也不跑进去,直往顶东面从前祖母的房间里走去。像是他们的小姐的闺房,或是他们的少爷的新房,一房间的立体儿的衣橱、椅子、梳妆台,那四只流线式的小沙发瞧过去,视线会从那些飘荡的线条和平面上面滑过去似的。又矮又阔的床前放了双银绸的高跟儿拖鞋,再没有大麻子的铜脚炉了。祖母的红木的大箱大橱全没了!挂观音大士像的地方儿挂一张琼克劳福的十寸签名照片,放香炉的地方放着瓶玫瑰——再没有恬静的素香的烟盘绕着这古旧的房间!我想着祖母的念佛珠,没有门牙的嘴,莲心粥,清净空寂的黄昏。

"奶奶是死在这间屋子里的。"

"奶奶死了也快六年了!"

"上三层楼去瞧瞧吧?"

"去瞧瞧你的房间也好。"

我的房间一点没改动,墙上还是奶黄色的油漆,放一只小床、一辆小汽车,只是没挂窗纱,就和十年前躺在床上背《共和国民教科书》第五册时那么的。推开窗来,窗外的园子里那些小树全长大了,还是八棵玫瑰树,正开了一树的花，窗前那条电线上面，站满了麻雀，吱吱喳喳地闹。十年前的清净的心，清净的小房间啊！我跑到桌子底下想找那只小铁箱，可是那墙洞已经给砌没了。床前那儿的三枚钉却还在那儿，已经秃了脑袋，发着钝光。

"那三枚钉倒还在这儿！"看见六年不见的老友，高兴了起来。

父亲忽然急急地走了出去："我们去吧。"头也不回地直走到下面，也没再走到客厅里去告辞，就跑了出去。到了外面，他的步伐又慢了起来，低着脑袋，失了知觉地走着。

已经是黄昏时候，人的轮廓有点模糊，我跟在父亲后边，也不敢问他可要雇车，正在为难，瞧见他往前一冲，要摔下去的模样，连忙抢上去扶住了他的胳膊。他站住了靠在我身上咳嗽起来，太阳穴那儿渗出来几滴冷汗。咳了好一会儿才停住了，闭上了眼珠子微微地喘着气，鼻子孔里慢慢儿地挂下一条鼻涕子来。

"爹爹，我们叫辆汽车吧？"我凑到他耳朵旁边低声地说——天哪，我第一次瞧见他的鬓发真的已经斑白了。

他不说话，鼻涕子尽挂下来，挂到嘴唇上面也没觉得。

我掏出手帕来，替他抹掉了鼻涕，扶着他慢慢儿地走去。

紫色人形
毕淑敏

那时我在乡下医院当化验员。一天到仓库去，想领一块新油布。

管库的老大妈，把犄角旮旯翻了个底朝天，然后对我说，你要的那种油布多年没人用了，库里已无存货。

我失望地往外走，突然在旧物品当中，发现了一块油布。它折叠得四四方方，从翘起的边缘处可以看到一角豆青色的布面。

我惊喜地说，这块油布正合适，就给我吧。

老大妈毫不迟疑地说，那可不行。

我说，是不是有人在我之前就预订了它？

她好像陷入了回忆，有些恍惚地说，那倒也不是……我没想到你把它给翻出来了……当时我把它刷了，很难刷净……

我打断她的话，就是有人用过也不要紧，反正我是用它铺工作台，只要油布没有窟窿就行。

她说，小姑娘你不要急。要是你听完了我给你讲的这块油布的故事，你还要用它去铺桌子，我就把它送给你。

我那时和你现在的年纪差不多，在病房当护士，人人都夸我态度好技术高。有一天，来了两个重度烧伤的病人，一男一女。后来才知道他们是一对恋人，正确地说是新婚夫妇。他们相好了许多年，吃了很多苦，好不容易才盼到大喜的日子。没想到婚礼的当夜，一个恶人点燃了他家的房檐。火光熊熊啊，把他们俩都烧得像焦炭一样。我被派去护理他们，一间病房，两张病床，这边躺着男人，那边躺着女人。他们浑身漆黑，大量地渗液，好像血都被火焰烤成了水。医生只好将他们全身赤裸，抹上厚厚的紫草油，这是当时我们这儿治烧伤最好的办法。可水珠还是不断地外渗，刚换上的床单几分钟就湿透。搬动他们焦黑的身子换床单，病人太痛苦了。医生不得不决定铺上油布。我不断地用棉花把油布上的紫色汁液吸走，尽量保持他们身下干燥。别的护士说，你可真倒霉，护理这样的病人，吃苦受累还是小事，他们在深夜呻吟起来，像从烟囱中发出哭泣，多恐怖！

我说，他们紫黑色的身体，我已经看惯了。再说他们从不呻吟。

别人惊讶地说，这么危重的病情不呻吟，一定是他们的声带烧煳了。

我气愤地反驳说,他们的声带仿佛被上帝吻过,一点都没有灼伤。

别人不服,说既然不呻吟,你怎么知道他们的嗓子没伤?

我说,他们唱歌啊!在夜深人静的时候,他们会给对方唱我们听不懂的歌。

有一天半夜,男人的身体渗水特别多,都快漂浮起来了。我给他换了一块新的油布,喏,就是你刚才看到的这块。无论我多么轻柔,他还是发出了一声低沉的呻吟。换完油布后,男人不做声了。女人叹息着问,他是不是昏过去了?我说,是的。女人也呻吟了一声说,我们的脖子硬得像水泥管,转不了头。虽说床离得这么近,我也看不见他什么时候睡着什么时候醒。为了怕对方难过,我们从不呻吟。现在,他呻吟了,说明我们就要死了。我很感谢您。我没有别的要求,只请您把我抱到他的床上,我要和他在一起。

女人的声音真是极其好听,好像在天上吹响的笛子。

我说,不行。病床那么窄,哪能睡下两个人?她微笑着说,我们都烧焦了,占不了那么大的地方。我轻轻地托起紫色的女人,她轻得像一片灰烬……

老大妈说,我的故事讲完了。你要看看这块油布吗?

我小心翼翼地揭开油布,仿佛鉴赏一枚巨大的纪念邮票。由于年代久远,布面微微有些粘连,但我还是完整地摊开了它。

在那块洁净的豆青色油布中央,有两个紧紧偎依在一起的淡紫色人形。

丢失的香柚

梁晓声

"大串联"时期,我从哈尔滨到了成都,住气象学校。那一年我才十七岁。头一次孤独离家远行,全凭"红卫兵"袖章做"护身符"。

我第二天病倒了,接连多日,和衣裹着一床破棉絮,蜷在铺了一张席子的水泥地的一角发高烧。

高烧初退那天,我睁眼看到一张忧郁而又文秀的姑娘的脸,她正俯视着我。我知道,她就是在我病中服侍过我的人,又见她戴着"红卫兵"袖章,愈觉得她可亲。

我说:"谢谢你,大姐。"看去她比我大两三岁。一丝悱然的淡淡的微笑浮现在她脸上。

她问:"你为什么一个人从大北方串联到大南方来呀?"

我告诉她,我并不想到这里来和什么人串联,我父亲在乐山工作,我几年没见他的面了,想他,并委托她替我给父亲拍一封电报,要父亲来接我。

隔日,我能挣扎着起身了,她又来看望我,交给了我父亲的回电——写着"速回哈"三个字。

我失望到顶点,哭了。

她劝慰我:"你应该听你父亲的话,别叫他替你担心,乐山正武斗,乱极了!"

我这时才发现,她戴的不是"红卫兵"袖章,是黑纱。

我说:"怎么回去呢?我只剩几毛钱了!"虽然乘火车是免费的,可千里迢迢,身上总需要带点钱啊!

她沉吟片刻,一只手缓缓地伸进衣兜,掏出五元钱来,惭愧地说:"我是这所学校的学生,'黑五类'。我父亲刚去世,每月只给我九元生活费,就剩这五元钱了,你收下吧!"她将钱塞在我手里,拿起笤帚,打扫厕所去了。

我第二天临行时,她又来送我。走到气象学校大门口,她站住了,低声说:"我只能送你到这儿,他们不许我迈出大门。"她从书包里掏出一个柚子给了我,"路上带着,顶一壶水。"

空气里弥漫着柚香,我说:"大姐,你给我留个通信地址吧!"

她注视了我一会儿,低声问:"你会给我写信吗?"

我说:"会的!"

她那么高兴,便从她的小笔记本上扯下一页纸,认认真真给我写下了一个地址，交给我时，她说："你们哈尔滨不是有座天鹅雕塑吗？你在它前边照张相寄给我好吗？"

我默默点了一下头。我走出很远，转身看，见她仍呆呆地站在那里，目送着我。

路途中缺水，我嘴唇干裂了，却舍不得吃那个柚子。在北京转车时，它被偷走了。

回到哈尔滨的第二天，我就到松花江畔去照相。天鹅雕塑已被砸毁了，满地碎片，一片片仿佛都有生命，淌着血。

我不愿让她知道天鹅雕塑被砸毁了，就没给她写信……

去年，听说哈尔滨的天鹅雕塑又复雕了，我专程回了一次哈尔滨，在天鹅雕塑旁照了一张相，彩色的。按照那页发黄的小纸片上的地址，给那位铭记在我心中的大姐写了一封信，信中夹着照片。

信退回来了，信封上，粗硬的圆珠笔字写的是——"查无此人"。

她哪里去了？

想到有那么多我的同龄人"消失"在十年动乱之中了，我的心便不由得悲哀起来。

活得有趣

喝茶
鲁迅

某公司又在廉价了,去买了二两好茶叶,每两洋二角。开首泡了一壶,怕它冷得快,用棉袄包起来,却不料郑重其事地来喝的时候,味道竟和我一向喝着的粗茶差不多,颜色也很重浊。

我知道这是自己错误了,喝好茶,是要用盖碗的,于是用盖碗。果然,泡了之后,色清而味甘,微香而小苦,确是好茶叶。但这是须在静坐无为的时候的,当我正写着《吃教》的中途,拉来一喝,那好味道竟又不知不觉地滑过去,像喝着粗茶一样了。

有好茶喝,会喝好茶,是一种"清福"。不过要享这"清福",首先就须有工夫,其次是练习出来的特别的感觉。由这一极琐屑的经验,我想,假使是一个使用筋力的工人,在喉干欲裂的时候,那么,即使给他龙井芽茶,珠兰窨片,恐怕他喝起来也未必觉得和热水有什么大区别吧。所谓"秋思",其实也是这样的,骚人墨客,会觉得什么"悲哉秋之为气也",风雨阴晴,都给他一种刺激,一方面也就是一种"清福",但在老农,却只知道每年的此际,就要割稻而已。

于是有人以为这种细腻锐敏的感觉,当然不属于粗人,这是上等人的牌号。然而我恐怕也正是这牌号就要倒闭的先声。我们有痛觉,一方面是使我们受苦的,而一方面也使我们能够自卫。假如没有,则即使背上被人刺了一尖刀,也将茫无知觉,直到血尽倒地,自己还不明白为什么倒地。但这痛觉如果细腻锐敏起来呢,则不但衣服上有一根小刺就觉得,连衣服上的接缝,线结,布毛都要觉得,倘不穿"无缝天衣",他便要终日如芒刺在身,活不下去了。但假装锐敏的,自然不在此例。

感觉的细腻和锐敏,较之麻木,那当然算是进步的,然而以有助于生命的进化为限。如果不相干,甚而至于有碍,那就是进化中的病态,不久就要收梢。我们试将享清福,抱秋心的雅人,和破衣粗食的粗人一比较,就明白究竟是谁活得下去。喝过茶,望着秋天,我于是想:不识好茶,没有秋思,倒也罢了。

故乡的野菜

周作人

我的故乡不止一个,凡我住过的地方都是故乡。故乡对于我并没有什么特别的情分,只因钓于斯游于斯的关系,朝夕会面,遂成相识,正如乡村里的邻舍一样,虽然不是亲属,别后有时也要想念到他。我在浙东住过十几年,南京东京都住过六年,这都是我的故乡;现在住在北京,于是北京就成了我的家乡了。

日前我的妻往西单市场买菜回来,说起有荠菜在那里卖着,我便想起浙东的事来。荠菜是浙东人春天常吃的野菜,乡间不必说,就是城里只要有后园的人家都可以随时采食,妇女小儿各拿一把剪刀一只"苗篮",蹲在地上搜寻,是一种有趣味游戏的工作。那时小孩们唱道:"荠菜马兰头,姊姊嫁在后门头。"后来马兰头有乡人拿来进城售卖了,但荠菜还是一种野菜,须得自家去采。关于荠菜向来颇有风雅的传说,不过这似乎以吴地为主。《西湖游览志》云:"三月三日男女皆戴荠菜花。谚云:三春戴荠花,桃李羞繁华。"

顾禄的《清嘉录》上亦说："荠菜花俗呼野菜花，因谚有三月三蚂蚁上灶山之语，三日人家皆以野菜花置灶陉上，以厌虫蚁。侵晨村童叫卖不绝。或妇女簪髻上以祈清目，俗号眼亮花。"但浙东人却不很理会这些事情，只是挑来做菜或炒年糕吃罢了。

黄花麦果通称鼠曲草，系菊科植物，叶小微圆互生，表面有白毛，花黄色，簇生梢头。春天采嫩叶，捣烂去汁，和粉做糕，称黄花麦果糕。小孩们有歌赞美之云：

黄花麦果韧结结，关得大门自要吃：

半块拿弗出，一块自要吃。

清明前后扫墓时，有些人家——大约是保存古风的人家——用黄花麦果做供，但不做饼状，做成小颗如指顶大，或细条如小指，以五六个作一攒，名曰茧果，不知是什么意思，或因蚕上山时设祭，也用这种食品，故有是称，亦未可知。自从十二三岁时外出不参与外祖家扫墓以后，不复见过茧果，近来住在北京，也不再见黄花麦果的影子了。日本称作"御形"，与荠菜同为春的七草之一，也采来做点心用，状如艾饺，名曰"草饼"，春分前后多食之，在北京也有，但是吃法总是日本风味，不复是儿时的黄花麦果糕了。

扫墓时候所常吃的还有一种野菜,俗称草紫,通称紫云英。农人在收获后,播种田内,用作肥料,是一种很被贱视的植物,但采取嫩茎瀹食,味颇鲜美,似豌豆苗。花紫红色,数十亩接连不断,一片锦绣,如铺着华美的地毯,非常好看,而且花朵状若蝴蝶,又如鸡雏,尤为小孩所喜,间有白色的花,相传可以治痢,很是珍重,但不易得。日本《俳句大辞典》云:"此草与蒲公英同是习见的东西,从幼年时代便已熟识。在女人里边,不曾采过紫云英的人,恐未必有吧。"中国古来没有花环,但紫云英的花球却是小孩常玩的东西,这一层我还替那些小人们欣幸的。浙东扫墓用鼓吹,所以少年常随了乐音去看"上坟船里的姣姣";没有钱的人家虽没有鼓吹,但是船头上篷窗下总露出些紫云英和杜鹃的花束,这也就是上坟船的确实的证据了。

我之于书
夏丏尊

二十年来，我生活费中至少十分之一二是消耗在书上的。我的房子里比较贵重的东西就是书。

我向无对于任何一问题作高深研究的野心，因之所买的书范围较广，宗教，艺术，文学，社会，哲学，历史，生物，各方面差不多都有一点。最多的是各国文学名著的译本，与本国古来的诗文集，别的门类只是些概论等类的入门书而已。

我不喜欢向别人或图书馆借书。借来的书，在我好像过不来瘾似的，必要是自己买的才满足。这也可谓是一种占有的欲望。买到了几册新书，一册一册地加盖藏书印记，我最感到快悦的是这时候。

书籍到了我的手里以后，我的习惯是先看序文，次看目录。页数不多的往往立刻通读，篇幅大的，只把正文任择一二章节略加翻阅，就插在书架上。除小说外，我少有全体读完的大部的书，只凭了购入当时的记忆，知道某册书是何种性质，其中大概有些什么可取的材料而已。什么书在什么时候再去读再去翻,连我自己也无把握,完全要看一个时期的兴趣。关于这事,我常自比为古时的皇帝,而把插在架上的书譬诸列屋而居的宫女。

我虽爱买书,而对于书却不甚爱惜。读书的时候,常在书上把我所认为要紧的处所标出。线装书大概用笔加圈,洋装书竟用红铅笔划粗粗的线。经我看过的书,统体干净的很少。

据说,任何爱吃糖果的人,只要叫他到糖果铺中去做事,见了糖果就会生厌。自我入书店以后,对于书的贪念,也已消除了不少了。可是仍不免要故态复萌,想买这种,想买那种。这大概因为糖果要用嘴去吃,摆存毫无意义,而书则可以买了不看,任其只管插在架上的缘故吧。

落花生

许地山

我们屋后有半亩隙地。母亲说:"让它荒芜着怪可惜,既然你们那么爱吃花生,就辟来做花生园吧。"我们几姊弟和几个小丫头都很喜欢——买种的买种,动土的动土,灌园的灌园;过不了几个月,居然收获了。

母亲说:"今晚我们可以做一个收获节,也请你们爹爹来尝尝我们的新花生,如何?"我们都答应了。母亲把花生做成好几样的食品,还吩咐这节期要在园里的茅亭举行。

那晚上的天色不大好,可是爹爹也到来,实在很难得!爹爹说:"你们爱吃花生么?"

我们都争着答应:"爱!"

"谁能把花生的好处说出来?"

姊姊说:"花生的气味很美。"

哥哥说:"花生可以制油。"

我说:"无论何等人都可以用贱价买它来吃;都喜欢吃它。这就是它的好处。"

爹爹说："花生的用处固然很多；但有一样是很可贵的。这小小的豆不像那好看的苹果、桃子、石榴，把它们的果实悬在枝上，鲜红嫩绿的颜色，令人一望而发生羡慕的心。它只把果子埋在地底，等到成熟，才容人把它挖出来。你们偶然看见一棵花生瑟缩地长在地上，不能立刻辨出他有没有果实，非得等到你接触他才能知道。"

我们都说："是的。"母亲也点点头。爹爹接下去说："所以你们要像花生，因为它是有用的，不是伟大、好看的东西。"我说："那么，人要做有用的人，不要做伟大、体面的人了。"爹爹说："这是我对于你们的希望。"

我们谈到夜阑才散。所有花生食品虽然没有了，然而父亲的话现在还印在我心版上。

故都的秋

郁达夫

秋天，无论在什么地方的秋天，总是好的；可是啊，北国的秋，却特别地来得清，来得静，来得悲凉。我的不远千里，要从杭州赶上青岛，更要从青岛赶上北平来的理由，也不过想饱尝一尝这"秋"，这故都的秋味。

江南，秋当然也是有的，但草木凋得慢，空气来得润，天的颜色显得淡，并且又时常多雨而少风；一个人夹在苏州上海杭州，或厦门香港广州的市民中间，混混沌沌地过去，只能感到一点点清凉，秋的味，秋的色，秋的意境与姿态，总看不饱，尝不透，赏玩不到十足。秋并不是名花，也并不是美酒，那一种半开、半醉的状态，在领略秋的过程上，是不合适的。

不逢北国之秋，已将近十余年了。在南方每年到了秋天，总要想起陶然亭的芦花，钓鱼台的柳影，西山的虫唱，玉泉的夜月，潭柘寺的钟声。在北平即使不出门去吧，就是在皇城人海之中，租人家一椽破屋来住着，早晨起来，泡一碗浓茶，向院子一坐，你也能看得到很高很高的碧绿的天色，听得到青天下驯鸽的飞声。从槐树叶底，朝东细数着一丝一丝漏下来的日光，或在破壁腰中，静对着像喇叭似的牵牛花（朝荣）的蓝朵，自然而然地也能够感觉到十分的秋意。说到了牵牛花，我以为以蓝色或白色者为佳，紫黑色次之，淡红者最下。最好，还要在牵牛花的花底，教长着几根疏疏落落的尖细且长的秋草，使作陪衬。

北国的槐树，也是一种能使人联想起秋来的点缀。像花而又不是花的那一种落蕊，早晨起来，会铺得满地。脚踏上去，声音也没有，气味也没有，只能感出一点点极微细极柔软的触觉。扫街的在树影下一阵扫后，灰土上留下来的一条条扫帚的丝纹，看起来既觉得细腻，又觉得清闲，潜意识下并且还觉得有点儿落寞，古人所说的梧桐一叶而天下知秋的遥想，大约也就在这些深沉的地方。

秋蝉的衰弱的残声，更是北国的特产；因为北平处处全长着树，屋子又低，所以无论在什么地方，都听得见它们的啼唱。在南方是非要上郊外或山上去才听得到的。这秋蝉的嘶叫，在北方可和蟋蟀耗子一样，简直像是家家户户都养在家里的家虫。

还有秋雨哩，北方的秋雨，也似乎比南方的下得奇，下得有味，下得更像样。

在灰沉沉的天底下，忽而来一阵凉风，便息列索落地下起雨来了。一层雨过，云渐渐地卷向了西去，天又青了，太阳又露出脸来了；着着很厚的青布单衣或夹袄的都市闲人，咬着烟管，在雨后的斜桥影里，上桥头树底下去一立，遇见熟人，便会用了缓慢悠闲的声调，微叹着互答着地说：

"唉，天可真凉了——"（这"了"字念得很高，拖得很长。）

"可不是么？一层秋雨一层凉啦！"

北方人念"阵"字，总老像是"层"字，平平仄仄起来，这念错的歧韵，倒来得正好。

北方的果树，到秋来也是一种奇景。第一是枣子树；屋角，墙头，茅房边上，灶房门口，它都会一株株地长大起来。像橄榄又像鸽蛋似的这枣子颗儿，在小椭圆形的细叶中间，显出淡绿微黄的颜色的时候，正是秋的全盛时期，等枣树叶落，枣子红完，西北风就要起来了，北方便是尘沙灰土的世界，只有这枣子、柿子、葡萄，成熟到八九分的七八月之交，是北国的清秋的佳日，是一年之中最好也没有的 Golden Days[①]。

---

① Golden Days：金色的日子，相当于中文的"良辰佳日""美好时光"。

有些批评家说，中国的文人学士，尤其是诗人，都带着很浓厚的颓废色彩，所以中国的诗文里，赞颂秋的文字特别的多。但外国的诗人，又何尝不然？我虽则外国诗文念得不多，也不想开出账来，做一篇秋的诗歌散文抄，但你若去一翻英德法意等诗人的集子，或各国的诗文的Anthology[①]来，总能够看到许多关于秋的歌颂和悲啼。各著名的大诗人的长篇田园诗或四季诗里，也总以关于秋的部分，写得最出色而最有味。足见有感觉的动物，有情趣的人类，对于秋，总是一样的能特别引起深沉、幽远、严厉、萧索的感触来的。不单是诗人，就是被关闭在牢狱里的囚犯，到了秋天，我想也一定会感到一种不能自已的深情；秋之于人，何尝有国别，更何尝有人种阶级的区别呢？不过在中国，文字里有一个"秋士"的成语，读本里又有着很普遍的欧阳子的《秋声》与苏东坡的《赤壁赋》等，就觉得中国的文人，与秋的关系特别深了。可是这秋的深味，尤其是中国的秋的深味，非要在北方，才感受得到的。

　　南国之秋，当然是也有它的特异的地方的，比如廿四桥的明月，钱塘江的秋潮，普陀山的凉雾，荔枝湾的残荷等等，可是色彩不浓，回味不永。比起北国的秋来，正像是黄酒

[①] 一般指收录有不同作家作品的选集。

之与白干，稀饭之与馍馍，鲈鱼之与大蟹，黄犬之与骆驼。

秋天，这北国的秋天，若留得住的话，我愿把寿命的三分之二折去，换得一个三分之一的零头。

翡冷翠[1] 山居闲话

徐志摩

在这里出门散步去,上山或是下山,在一个晴好的五月的向晚,正像是去赴一个美的宴会,比如去一果子园,那边每株树上都是满挂着诗情最秀逸的果实,假如你单是站着看还不满意时,只要你一伸手就可以采取,可以恣尝鲜味,足够你性灵的迷醉。阳光正好暖和,决不过暖;风息是温驯的,而且往往因为他是从繁花的山林里吹度过来他带来一股幽远的淡香,连着一息滋润的水汽,摩挲着你的颜面,轻绕着你的肩腰,就这单纯的呼吸已是无穷的愉快;空气总是明净的,近谷内不生烟,远山上不起霭,那美秀风景全部正像画片似的展露在你的眼前,供你闲暇的鉴赏。

作客山中的妙处,尤在你永不须踌躇你的服色与体态;你不妨摇曳着一头的蓬草,不妨纵容你满腮的苔藓;你爱穿什么就穿什么;扮一个牧童,扮一个渔翁,装一个农夫,装

---

[1] 翡冷翠:现通译为佛罗伦萨。意大利中部城市,托斯卡纳区首府。欧洲文艺复兴运动的发祥地,著名文化旅游胜地。

一个走江湖的桀卜闪①,装一个猎户;你再不必提心整理你的领结,你尽可以不用领结,给你的颈根与胸膛一半日的自由,你可以拿一条这边艳色的长巾包在你的头上,学一个太平军的头目,或是拜伦那埃及装的姿态;但最要紧的是穿上你最旧的旧鞋,别管他模样不佳,他们是顶可爱的好友,他们承着你的体重却不叫你记起你还有一双脚在你的底下。

这样的玩顶好是不要约伴,我竟想严格地取缔,只许你独身;因为有了伴多少总得叫你分心,尤其是年轻的女伴,那是最危险最专制不过的旅伴,你应得躲避她像你躲避青草里一条美丽的花蛇!平常我们从自己家里走到朋友的家里,或是我们执事的地方,那无非是在同一个大牢里从一间狱室移到另一间狱室去,拘束永远跟着我们,自由永远寻不到我们;但在这春夏间美秀的山中或乡间你要是有机会独身闲逛时,那才是你福星高照的时候,那才是你实际领受,亲口尝味,自由与自在的时候,那才是你肉体与灵魂行动一致的时候。朋友们,我们多长一岁年纪往往只是加重我们头上的枷,加紧我们脚胫上的链,我们见小孩子在草里在沙堆里在浅水里打滚作乐,或是看见小猫追他自己的尾巴,何尝没有羡慕的时候,但我们的枷,我们的链永远是制定我们行动

---

① 即吉卜赛人。以游牧方式生活,遍布世界各地。

的上司！所以只有你单身奔赴大自然的怀抱时，像一个裸体的小孩扑入他母亲的怀抱时，你才知道灵魂的愉快是怎样的，单是活着的快乐是怎样的，单就呼吸单就走道单就张眼看耸耳听的幸福是怎样的。因此你得严格地为己，极端的自私，只许你，体魄与性灵，与自然同在一个脉搏里跳动，同在一个音波里起伏，同在一个神奇的宇宙里自得。我们浑朴的天真是像含羞草似的娇柔，一经同伴的抵触，他就卷了起来，但在澄静的日光下，和风中，他的姿态是自然的，他的生活是无阻碍的。

你一个人漫游的时候，你就会在青草里坐地仰卧，甚至有时打滚，因为草的和暖的颜色自然地唤起你童稚的活泼；在静僻的道上你就会不自主地狂舞，看着你自己的身影幻出种种诡异的变相，因为道旁树木的阴影在他们纤徐的婆娑里暗示你舞蹈的快乐；你也会得信口地歌唱，偶尔记起断片的音调，与你自己随口的小曲，因为树林中的莺燕告诉你春光是应得赞美的；更不必说你的胸襟自然会跟着曼长的山径开拓，你的心地会看着澄蓝的天空静定，你的思想和着山壑间的水声，山罅里的泉响，有时一澄到底的清澈，有时激起成章的波动，流，流，流入凉爽的橄榄林中，流入妩媚的阿诺河去……

并且你不但不须应伴,每逢这样的游行,你也不必带书。书是理想的伴侣,但你应得带书,是在火车上,在你住处的客室里,不是在你独身漫步的时候。什么伟大的深沉的鼓舞的清明的优美的思想的根源不是可以在风籁中,云彩里,山势与地形的起伏里,花草的颜色与香息里寻得?自然是最伟大的一部书,葛德①说,在他每一页的字句里我们读得最深奥的消息。并且这书上的文字是人人懂得的;阿尔帕斯与五老峰,雪西里与普陀山,来因河与扬子江,梨梦湖与西子湖,建兰与琼花,杭州西溪的芦雪与威尼市夕照的红潮,百灵与夜莺,更不提一般黄的黄麦,一般紫的紫藤,一般青的青草同在大地上生长,同在和风中波动——他们应用的符号是永远一致的,他们的意义是永远明显的,只要你自己心灵上不长疮瘢,眼不盲,耳不塞,这无形迹的最高等教育便永远是你的名分,这不取费的最珍贵的补剂便永远供你的受用;只要你认识了这一部书,你在这世界上寂寞时便不寂寞,穷困时不穷困,苦恼时有安慰,挫折时有鼓励,软弱时有督责,迷失时有南针。

---

① 即约翰·沃尔夫冈·冯·歌德(1749—1832),德国诗人、剧作家、思想家。代表作《浮士德》。

冬天
朱自清

说起冬天，忽然想到豆腐。是一"小洋锅"（铝锅）白煮豆腐，热腾腾的。水滚着，像好些鱼眼睛，一小块一小块豆腐养在里面，嫩而滑，仿佛反穿的白狐大衣。锅在"洋炉子"（煤油不打气炉）上，和炉子都熏得乌黑乌黑，越显出豆腐的白。这是晚上，屋子老了，虽点着"洋灯"，也还是阴暗。围着桌子坐的是父亲跟我们哥儿三个。"洋炉子"太高了，父亲得常常站起来，微微地仰着脸，觑着眼睛，从氤氲的热气里伸进筷子，夹起豆腐，一一地放在我们的酱油碟里。我们有时也自己动手，但炉子实在太高了，总还是坐享其成的多。这并不是吃饭，只是玩儿。父亲说晚上冷，吃了大家暖和些。我们都喜欢这种白水豆腐；一上桌就眼巴巴望着那锅，等着那热气，等着热气里从父亲筷子上掉下来的豆腐。

又是冬天，记得是阴历十一月十六晚上，跟S君P君在西湖里坐小划子。S君刚到杭州教书，事先来信说："我们要游西湖,不管它是冬天。"那晚月色真好,现在想起来还像照在身上。本来前一晚是"月当头";也许十一月的月亮真有些特别吧。那时九点多了,湖上似乎只有我们一只划子。有点风,月光照着软软的水波;当间那一溜儿反光,像新砑的银子。湖上的山只剩了淡淡的影子。山下偶尔有一两星灯火。S君口占两句诗道:"数星灯火认渔村,淡墨轻描远黛痕。"我们都不大说话,只有均匀的桨声。我渐渐地快睡着了。P君"喂"了一下,才抬起眼皮,看见他在微笑。船夫问要不要上净寺去;是阿弥陀佛生日,那边蛮热闹的。到了寺里,殿上灯烛辉煌,满是佛婆念佛的声音,好像醒了一场梦。这已是十多年前的事了。S君还常常通着信,P君听说转变了好几次,前年是在一个特税局里收特税了,以后便没有消息。

在台州过了一个冬天,一家四口子。台州是个山城,可以说在一个大谷里。只有一条二里长的大街。别的路上白天简直不大见人;晚上一片漆黑。偶尔人家窗户里透出一点灯光,还有走路的拿着的火把;但那是少极了。我们住在山脚下,有的是山上松林里的风声,跟天上一只两只的鸟影。夏末到那里,春初便走,却好像老在过着冬天似的;可是即便真冬天也并不冷。我们住在楼上,书房临着大路;

路上有人说话，可以清清楚楚地听见。但因为走路的人太少了，间或有点说话的声音，听起来还只当远风送来的，想不到就在窗外。我们是外路人，除上学校去之外，常只在家里坐着。妻也惯了那寂寞，只和我们爷儿们守着。外边虽老是冬天，家里却老是春天。有一回我上街去，回来的时候，楼下厨房的大方窗开着，并排地挨着他们母子三个；三张脸都带着天真微笑地向着我。似乎台州空空的，只有我们四人；天地空空的，也只有我们四人。那时是民国十年，妻刚从家里出来，满自在。现在她死了快四年了，我却还老记着她那微笑的影子。

无论怎么冷，大风大雪，想到这些，我心上总是温暖的。

桨声灯影里的秦淮河
朱自清

一九二三年八月的一晚,我和平伯同游秦淮河;平伯是初泛,我是重来了。我们雇了一只"七板子",在夕阳已去,皎月方来的时候,便下了船。于是桨声汩——汩,我们开始领略那晃荡着蔷薇色的历史的秦淮河的滋味了。

秦淮河里的船,比北京万牲园,颐和园的船好,比西湖的船好,比扬州瘦西湖的船也好。这几处的船不是觉着笨,就是觉着简陋、局促;都不能引起乘客们的情韵,如秦淮河的船一样。秦淮河的船约略可分为两种:一是大船;一是小船,就是所谓"七板子"。大船舱口阔大,可容二三十人。里面陈设着字画和光洁的红木家具,桌上一律嵌着冰凉的大理石面。窗格雕镂颇细,使人起柔腻之感。窗格里映着红色蓝色的玻璃;玻璃上有精致的花纹,也颇悦人目。"七板子"规模虽不及大船,但那淡蓝色的栏杆,空敞的舱,也足系人情思。而最出色处却在它的舱前。舱前是甲板上的一部,上面有弧形的顶,西边用疏疏的栏杆支着。里面通常放着两张藤的躺椅。躺下，可以谈天，可以望远，可以顾盼两岸的河房。大船上也有这个，但在小船上更觉清隽罢了。舱前的顶下，一律悬着灯彩；灯的多少，明暗，彩苏的精粗，艳晦，是不一的，但好歹总还你一个灯彩。这灯彩实在是最能钩人的东西。夜幕垂垂地下来时，大小船上都点起灯火。从两重玻璃里映出那辐射着的黄黄的散光，反晕出一片朦胧的烟霭；透过这烟霭，在黯黯的水波里，又逗起缕缕的明漪。在这薄霭和微漪里，听着那悠然的间歇的桨声，谁能不被引入他的美梦去呢？只愁梦太多了，这些大小船儿如何载得起呀？我们这时模模糊糊地谈着明末的秦淮河的艳迹，如《桃花扇》及《板桥杂记》里所载的。我们真神往了。我们仿佛亲见那时华灯映水、画舫凌波的光景了。于是我们的船便成了历史的重载了。我们终于恍然秦淮河的船所以雅丽过于他处，而又有奇异的吸引力的，实在是许多历史的影像使然了。

秦淮河的水是碧阴阴的；看起来厚而不腻，或者是六朝金粉所凝么？我们初上船的时候，天色还未断黑，那漾漾的柔波是这样的恬静，委婉，使我们一面有水阔天空之想，一面又憧憬着纸醉金迷之境了。等到灯火明时，阴阴的变为沉沉了：黯淡的水光，像梦一般；那偶然闪烁着的光芒，就是梦的眼睛了。我们坐在舱前，因了那隆起的顶棚，仿佛总是昂着首向前走着似的；于是飘飘然如御风而行的我们，看着那些自在的湾泊着的船，船里走马灯般的人物，便像是下界一般，迢迢的远了，又像在雾里看花，尽朦朦胧胧的。这时我们已过了利涉桥，望见东关头了。沿路听见断续的歌声：有从沿河的妓楼飘来的，有从河上船里度来的。我们明知那些歌声，只是些因袭的言词，从生涩的歌喉里机械地发出来的；但它们经了夏夜的微风的吹漾和水波的摇拂，袅娜着到我们耳边的时候，已经不单是她们的歌声，而混着微风和河水的密语了。于是我们不得不被牵惹着，震撼着，相与浮沉于这歌声里了。从东关头转湾，不久就到大中桥。大中桥共有三个桥拱，都很阔大，俨然是三座门儿；使我们觉得我们的船和船里的我们，在桥下过去时，真是太无颜色了。桥砖是深褐色，表明它的历史的长久；但都完好无缺，令人太息于古昔工程的坚美。桥上两旁都是木壁的房子，中间应该有街路？这些房子都破旧了，多年烟熏的迹，遮没了当年的美丽。我想象秦淮河的极盛时，在这样宏阔的桥上，特地盖了房子，必然是髹漆得富富丽丽的；晚间必然是灯火通明的，现在却只剩下一片黑沉沉！但是桥上造着房子，毕竟使我们多少可以想见往日的繁华；这也慰情聊胜无了。过了大中桥，便到了灯月交辉，笙歌彻夜的秦淮河；这才是秦淮河的真面目哩。

大中桥外，顿然空阔，和桥内两岸排着密密的人家的景象大异了。一眼望去，疏疏的林，淡淡的月，衬着蓝蔚的天，颇像荒江野渡光景；那边呢，郁丛丛的，阴森森的，又似乎藏着无边的黑暗：令人几乎不信那是繁华的秦淮河了。但是河中眩晕着的灯光，纵横着的画舫，悠扬着的笛韵，夹着那吱吱的胡琴声，终于使我们认识绿如茵陈酒的秦淮水了。此地天裸露着的多些，故觉夜来得独迟些；从清清的水影里，我们感到的只是薄薄的夜——这正是秦淮河的夜。大中桥外，本来还有一座复成桥，是船夫口中的我们的游踪尽处，或也是秦淮河繁华的尽处了。我的脚曾踏过复成桥的脊，在十三四岁的时候。但是两次游秦淮河，却都不曾见着复成桥的面；明知总在前途的，却常觉得有些虚无缥缈似的。我想，不见倒也好。这时正是盛夏。我们下船后，借着新生的晚凉和河上的微风，暑气已渐渐消散；到了此地，豁然开朗，身子顿然轻了——习习的清风荏苒在面上，手上，衣上，这便又感到了一缕新凉了。南京的日光，大概没有杭州猛烈；西湖的夏夜老是热蓬蓬的，水像沸着一般，秦淮河的水却尽是这样冷冷地绿着。任你人影的憧憧，歌声的扰扰，总像隔着一层薄薄的绿纱面幂似的；它尽是这样静静地、冷冷地绿着。

我们出了大中桥，走不上半里路，船夫便将船划到一旁，停了桨由它宕着。他以为那里正是繁华的极点，再过去就是荒凉了；所以让我们多多赏鉴一会儿。他自己却静静地蹲着。他是看惯这光景的了，大约只是一个无可无不可。这无可无不可，无论是升的沉的，总之，都比我们高了。

那时河里热闹极了；船大半泊着，小半在水上穿梭似的来往。停泊着的都在近市的那一边，我们的船自然也夹在其中。因为这边略略的挤，便觉得那边十分的疏了。在每一只船从那边过去时，我们能画出它的轻轻的影和曲曲的波，在我们的心上；这显着是空，且显着是静了。那时处处都是歌声和凄厉的胡琴声，圆润的喉咙，确乎是很少的。但那生涩的、尖脆的调子能使人有少年的、粗率不拘的感觉，也正可快我们的意。况且多少隔开些儿听着。因为想象与渴慕的作美，总觉更有滋味；而竞发的喧嚣，抑扬的不齐，远近的杂沓，和乐器的嘈嘈切切，合成另一意味的谐音，也使我们无所适从，如随着大风而走。这实在因为我们的心枯涩久了，变为脆弱；故偶然润泽一下，便疯狂似的不能自主了。但秦淮河确也腻人。即如船里的人面，无论是和我们一堆儿泊着的，无论是从我们眼前过去的，总是模模糊糊的，甚至渺渺茫茫的；任你张圆了眼睛，揩净了眦垢，也是枉然。这真够人想呢。在我们停泊的地方，灯光原是纷然的；不过这些灯光都是黄而有晕的。黄已经不能明了，再加上了晕，便更不成了。灯愈多，晕就愈甚；在繁星般的黄的交错里，秦淮河仿佛笼上了一团光雾。光芒与雾气腾腾地晕着，什么都只剩了轮廓了；所以人面的详细的曲线，便消失于我们的眼底了。但灯光究竟夺不了那边的月色；灯光是浑的，月色是清的。在混沌的灯光里，渗入了一派清辉，却真是奇迹！那晚月儿已瘦削了两三分，她晚妆才罢，盈盈地上了柳梢头。天是蓝得可爱，仿佛一汪水似的；月儿便更出落得精神了。岸上原有三株两株的垂杨树，淡淡的影子，在水里摇曳着。它们那柔细的枝条浴着月光，就像一支支美人的臂膊，交互地缠着，挽着；又像是月儿披着的发。而月儿偶然也从它们的交叉处偷偷窥看我们，大有小姑娘怕羞的样子。岸上另有几株不知名的老树，光光的立着；在月光里照起来，却又俨然是精神矍铄的老人。远处——快到天际线了，才有一两片白云，亮得现出异彩，像是美丽的贝壳一般。白云下便是黑黑的一带轮廓；是一条随意画的不规则的曲线。这一段光景，和河中的风味大异了。但灯与月竟能并存着，交融着，使月成了缠绵的月，灯射着渺渺的灵辉；这正是天之所以厚秦淮河，也正是天之所以厚我们了。

这时却遇着了难解的纠纷。秦淮河上原有一种歌妓,是以歌为业的。从前都在茶舫上,唱些大曲之类。每日午后一时起,什么时候止,却忘记了。晚上照样也有一回,也在黄晕的灯光里。我从前过南京时,曾随着朋友去听过两次。因为茶舫里的人脸太多了,觉得不大适意,终于听不出所以然。前年听说歌妓被取缔了,不知怎的,颇涉想了几次——却想不出什么。这次到南京,先到茶舫上去看看,觉得颇是寂寥,令我无端地怅怅了。不料她们却仍在秦淮河里挣扎着,不料她们竟会纠缠到我们,我于是很张皇了,她们也乘着"七板子",她们总是坐在舱前的。舱前点着石油汽灯,光亮炫人眼目;坐在下面的,自然是纤毫毕见了——引诱客人们的力量,也便在此了。舱里躲着乐工等人,映着汽灯的余辉蠕动着;他们是永远不被注意的。每船的歌妓大约都是二人;天色一黑,她们的船就在大中桥外往来不息地兜生意。无论行着的船,泊着的船,都要来兜揽的。这都是我后来推想出来的。那晚不知怎样,忽然轮着我们的船了。我们的船好好地停着,一只歌舫划向我们来的;渐渐和我们的船并着了。铄铄的灯光逼得我们皱起了眉头;我们的风尘色全给它托出来了,这使我踧踖不安了。那时一个伙计跨过船来,拿着摊开的歌折,就近塞向我的手里,说:"点几出吧!"他跨过来的时候，我们船上似乎有许多眼光跟着。同时相近的别的船上也似乎有许多眼睛炯炯地向我们船上看着。我真窘了！我也装出大方的样子，向歌妓们瞥了一眼，但究竟是不成的！我勉强将那歌折翻了一翻，却不曾看清了几个字；便赶紧递还那伙计，一面不好意思地说，"不要，我们……不要。"他便塞给平伯，平伯掉转头去，摇手说，"不要！"那人还腻着不走。平伯又回过脸来，摇着头道，"不要！"于是那人重到我处。我窘着再拒绝了他。他这才有所不屑似的走了。我的心立刻放下，如释了重负一般。我们就开始自白了。

我说我受了道德律的压迫，拒绝了她们；心里似乎很抱歉的。这所谓抱歉，一面对于她们，一面对于我自己。她们于我们虽然没有很奢的希望；但总有些希望的。我们拒绝了她们，无论理由如何充足，却使她们的希望受了伤；这总有几分不作美了。这使我觉得很怅怅的。至于我自己，更有一种不足之感。我这时被四面的歌声诱惑了，降服了；但是远远的，远远的歌声总仿佛隔着重衣搔痒似的，越搔越搔不着痒处。我于是憧憬着贴耳的妙音了。在歌舫划来时，我的憧憬，变为盼望；我固执地盼望着，有如饥渴。虽然从浅薄的经验里，也能够推知，那贴耳的歌声，将剥去了一切的美妙；但一个平常的人像我的，谁愿凭了理性之力去丑化未来呢？我宁愿自己骗着了。不过我的社会感性是很敏锐的；我的思力能拆穿道德律的西洋镜，而我的感情却终于被它压服着。我于是有所顾忌了，尤其是在众目昭彰的时候。道德律的力，本来是民众赋予的；在民众的面前，自然更显出它的威严了。我这时一面盼望，一面却感到了两重的禁制：一，在通俗的意义上，接近妓者总算一种不正当的行为；二，妓是一种不健全的职业，我们对于她们，应有哀矜勿喜之心，不应赏玩地去听她们的歌。在众目睽睽之下，这两种思想在我心里最为旺盛。她们暂时压倒了我的听歌的盼望，这便成就了我的灰色的拒绝。那时的心实在异常状态中，觉得颇是昏乱。歌舫去了，暂时宁靖之后，我的思绪又如潮涌了。两个相反的意思在我心头往复：卖歌和卖淫不同，听歌和狎妓不同，又干道德甚事？——但是，但是，她们既被逼得以歌为业，她们的歌必无艺术味的；况她们的身世，我们究竟该同情的。所以拒绝倒也是正办。但这些意思终于不曾撇开我的听歌的盼望。它力量异常坚强；它总想将别的思绪踏在脚下。从这重重的争斗里，我感到了浓厚的不足之感。这不足之感使我的心盘旋不安，起坐都不安宁了。唉！我承认我是一个自私的人！平伯呢，却与我不同。他引周启明先生的诗，"因为我有妻子，所以我爱一切的女人，因为我有子女，所以我爱一切的孩子。"他的意思可以见了。他因为推及的同情，爱着那些歌妓，并且尊重着她们，所以拒绝了她们。在这种情形下，他自然以为听歌是对于她们的一种侮辱。但他也是想听歌的，虽然不和我一样，所以在他的心中，当然也有一番小小的争斗；争斗的结果，是同情胜了。至于道德律，在他是没有什么的；因为他很有蔑视一切的倾向，民众的力量在他是不大觉着的。这时他的心意的活动比较简单，又比较松弱，故事后还怡然自若；我却不能了。这里平伯又比我高了。

在我们谈话中间，又来了两只歌舫。伙计照前一样的请我们点戏，我们照前一样的拒绝了。我受了三次窘，心里的不安更甚了。清艳的夜景也为之减色。船夫大约因为要赶第二趟生意，催着我们回去；我们无可无不可地答应了。我们渐渐和那些晕黄的灯光远了，只有些月色冷清清的随着我们的归舟。我们的船竟没个伴儿，秦淮河的夜正长哩！到大中桥近处，才遇着一只来船。这是一只载妓的板船，黑漆漆的没有一点光。船头上坐着一个妓女；暗里看出，白地小花的衫子，黑的下衣。她手里拉着胡琴，口里唱着青衫的调子。她唱得响亮而圆转；当她的船箭一般驶过去时，余音还袅袅的在我们耳际，使我们倾听而向往。想不到在弩末的游踪里，还能领略到这样的清歌！这时船过大中桥了，森森的水影，如黑暗张着巨口，要将我们的船吞了下去。我们回顾那渺渺的黄光，不胜依恋之情；我们感到了寂寞了！这一段地方夜色甚浓，又有两头的灯火招邀着；桥外的灯火不用说了，过了桥另有东关头疏疏的灯火。我们忽然仰头看见依人的素月，不觉深悔归来之早了！走过东关头，有一两只大船湾泊着，又有几只船向我们来着。嚣嚣的一阵歌声人语，仿佛笑我们无伴的孤舟哩。东关头转湾，河上的夜色更浓了；临水的妓楼上，时时从帘缝里射出一线一线的灯光；仿佛黑暗从酣睡里眨了一眨眼。我们默然地对着，静听那汩——汩的桨声，几乎要入睡了；朦胧里却温寻着适才的繁华的余味。我那不安的心在静里愈显活跃了！这时我们都有了不足之感，而我的更其浓厚。我们却又不愿回去，于是只能由懊悔而怅惘了。船里便满载着怅惘了。直到利涉桥下，微微嘈杂的人声，才使我豁然一惊；那光景却又不同。右岸的河房里，都大开了窗户，里面亮着晃晃的电灯，电灯的光射到水上，蜿蜒曲折，闪闪不息，正如跳舞着的仙女的臂膊。我们的船已在她的臂膊里了；如睡在摇篮里一样，倦了的我们便又入梦了。那电灯下的人物，只觉得像蚂蚁一般，更不去萦念。这是最后的梦；可惜是最短的梦！黑暗重复落在我们面前，我们看见傍岸的空船上一星两星的,枯燥无力又摇摇不定的灯光。我们的梦醒了,我们知道就要上岸了;我们心里充满了幻灭的情思。

猫
郑振铎

我家养了好几次猫,结局总是失踪或死亡。三妹是最喜欢猫的,她常在课后回家时,逗着猫玩。有一次,从隔壁要了一只新生的猫来。花白的毛,很活泼,常如带着泥土的白雪球似的,在廊前太阳光里滚来滚去。三妹常常地取了一条红带,或一条绳子,在它面前来回地拖摇着,它便扑过来抢,又扑过去抢。我坐在藤椅上看着他们,可以微笑着消耗过一二小时的光阴,那时太阳光暖暖地照着,心上感着生命的新鲜与快乐。后来这只猫不知怎的忽然消瘦了,也不肯吃东西,光泽的毛也污涩了。终日躺在客厅上的椅下,不肯出来。三妹想着种种方法逗它,它都不理会。我们都很替它忧郁。三妹特地买了一个很小很小的铜铃,用红绫带穿了,挂在它颈下,但只显得不相称,它只是毫无生意地,懒惰地,郁闷地躺着。有一天中午,我从编译所回来,三妹很难过地说道:"哥哥,小猫死了!"

我心里也感着一缕的酸辛,可怜这两月来相伴的小侣!

当时只得安慰着三妹道："不要紧，我再向别处要一只来给你。"

隔了几天，二妹从虹口舅舅家里回来，她道，舅舅那里有三四只小猫，很有趣，正要给人家。三妹便怂恿着她去拿一只来。礼拜天，母亲回来了，却带了一只浑身黄色的小猫回来。立刻三妹一部分的注意，又被这只黄色小猫吸引去了。这只小猫较第一只更有趣，更活泼。它在园中乱跑，又会爬树，有时蝴蝶安详地飞过时，它也会扑过去捉。它似乎太活泼了，一点也不怕生人，有时由树上跃到墙上，又跑到街上，在那里晒太阳。我们都很为它提心吊胆，一天都要"小猫呢？小猫呢？"查问得好几次。每次总要寻找了一回，方才寻到。三妹常指它笑着骂道："你这小猫呀，要被乞丐捉去后才不会乱跑呢！"我回家吃中饭，总看见它坐在铁门外边，一见我进门，便飞也似的跑进去了。饭后的娱乐，是看它在爬树，隐身在阳光隐约里的绿叶中，好像在等待着要捕捉什么似的。把它抱了下来，一放手又极快地爬上去了。过了二三个月，它会捉鼠了。有一次，居然捉到一只很肥大的鼠，自此，夜间便不再听见讨厌的"吱吱"的声了。

某一日清晨，我起床来，披了衣下楼，没有看见小猫，在小园里找了一遍，也不见，心里便有些亡失的预警。

"三妹，小猫呢？"

她慌忙地跑下楼来，答道："我刚才也寻了一遍，没有看见。"

家里的人都忙乱地在寻找，但终于不见。

李嫂道："我一早起来开门，还见它在厅上，烧饭时，才不见了它。"

大家都不高兴，好像亡失了一个亲爱的同伴，连向来不大喜欢它的张婶也说："可惜，可惜，这样好的一只小猫。"

我心里还有一线希望，以为它偶然跑到远处去，也许会认得归途的。

午饭时，张婶诉说道："刚才遇到隔壁周家的丫头，她说，早上看见我家的小猫在门外，被一个过路的人捉去了。"

于是这个亡失证实了。三妹很不高兴地，咕噜着道："他们看见了，为什么不出来阻止？他们明晓得它是我家的！"

我也怅然地，愤恨地，在咒骂着那个不知名的夺去我们所爱的东西的人。

自此，我家好久不养猫。

冬天的早晨，门口蜷伏着一只很可怜的小猫，毛色是花白，但并不好看，又很瘦。它伏着不去。我们如不取来留养，至少也要为冬寒与饥饿所杀。张婶把它拾了进来，每天给它饭吃。但大家都不大喜欢它,它不活泼,也不像别的小猫之喜欢顽游,好像是具着天生的忧郁性似的,连三妹那样爱猫的,对于它也不加注意。如此的,过了几个月,它在我家仍是一只若有若无的动物。它渐渐的肥胖了,但仍不活泼。大家在廊前晒太阳闲谈着时,它也常来蜷伏在母亲和三妹的足下。三妹有时也逗着它玩,但并没有对于前几只小猫那样感兴趣。有一天,它因夜里冷,钻到火炉底下去,毛被烧脱好几块,更觉得难看了。

春天来了,它成了一只壮猫了,却仍不改它的忧郁性,也不去捉鼠,终日懒惰地伏着,吃得胖胖的。

这时,妻买了一对黄色的芙蓉鸟来,挂在廊前,叫得很好听。妻常常叮咛着张婶换水,加鸟粮,洗刷笼子。那只花白猫对于这一对黄鸟,似乎也特别注意,常常跳在桌上,对鸟笼凝望着。

妻道:"张婶,留心猫,它会吃鸟呢。"

张婶便跑来把猫捉了去,隔一会儿,它又跳上桌子对鸟笼凝望着了。

一天,我下楼时,听见张婶在叫道:"鸟死了一只,一条腿被咬去了,笼板上都是血。是什么东西把它咬死的?"

我匆匆跑下去看,果然一只鸟是死了,羽毛松散着,好像它曾与它的敌人挣扎了许久。

我很愤怒，叫道："一定是猫，一定是猫！"于是立刻便去找它。

妻听见了，也匆匆地跑下来，看了死鸟，很难过，便道："不是这猫咬死的还有谁？它常常对着鸟笼望着，我早就叫张妈要小心了。张妈！你为什么不小心？"

张妈默默无言，不能有什么话来辩护。

于是猫的罪状证实了。大家都去找这可厌的猫，想给它以一顿惩戒。找了半天，却没找到。真是"畏罪潜逃"了，我以为。

三妹在楼上叫道："猫在这里了。"

它躺在露台板上晒太阳，态度很安详，嘴里好像还在吃着什么。我想，它一定是在吃着这可怜的鸟的腿了，一时怒气冲天，拿起楼门旁倚着的一根木棒，追过去打了一下。它很悲楚地叫了一声"咪呜！"便逃到屋瓦上了。

我心里还愤愤的，以为惩戒得还没有快意。

隔了几天，李嫂在楼下叫道："猫，猫！又来吃鸟了。"同时我看见一只黑猫飞快地逃过露台，嘴里衔着一只黄鸟。我开始觉得我是错了！

我心里十分的难过，真的，我的良心受伤了，我没有判断明白，便妄下断语，冤苦了一只不能说话辩诉的动物。想到它的无抵抗的逃避，益使我感到我的暴怒，我的虐待，都是针，刺我的良心的针！

我很想补救我的过失，但它是不能说话的，我将怎样地对它表白我的误解呢？

两个月后，我们的猫忽然死在邻家的屋脊上。我对于它的亡失，比以前的两只猫的亡失，更难过得多。

我永无改正我的过失的机会了！

至此，我家永不养猫。

蝉与纺织娘

郑振铎

你如果有福气独自坐在窗内,静悄悄的没一个人来打扰你,一点钟,两点钟地过去,嘴里衔着一支烟,躺在沙发上慢慢地喷着烟云,看它一白圈一白圈地升上,那么在这静境之内,你便可以听到那墙角阶前的鸣虫的奏乐。

那鸣虫的作响,真不是凡响;如果你曾听见过曼杜令的低奏,你曾听见过一支洞箫在月下湖上独吹着,你曾听见过红楼的重幔中透漏出的弦管声,你曾听见过流水淙淙地由溪石间流过,或你曾倚在山阁上听着飒飒的松风在足下拂过,那么,你便可以把那如何清幽的鸣虫之叫声想象到一二了。

虫之乐队,因季候的关系而颇有不同,夏天与秋令的虫声,便是截然的两样。蝉之声是高旷的,享乐的,带着自己满足之意的;它高高地栖在梧桐树或竹枝上,迎风而唱,那是生之歌,生之盛年之歌,那是结婚曲——那是中世纪武士美人的大宴时的行吟诗人之歌。无论听了那叽……叽……的曼长声,或叽格……叽格……的较短声,都可同样地受到一种轻快的美感。秋虫的鸣声最复杂，但无论纺织娘的咭嘎，蟋蟀的唧唧，金铃子之叮令，还有无数无数不可名状的秋虫之鸣声，其声调之凄抑却都是一样的；它们唱的是秋之歌，是暮年之歌，是薤露之曲。它们的歌声，是如秋风之扫落叶，怨妇之奏琵琶，孤峭而幽奇，清远而凄迷，低回而愁肠百结。你如果是一个孤客，独宿于荒郊逆旅，一盏荧荧的油灯，对着一张板床，一张木桌，一二张硬板凳，再一听见四壁唧唧知知的虫声间作，那你今夜便不用再想稳稳地安睡了，什么愁情，乡思，以及人生之悲感，都会一串一串地从根儿勾引起来，在你心上翻来覆去，如白老鼠在戏笼中走轮盘一般，一上去便不用想下来憩息。如果你不是一个客人，你有家庭，你有很好的太太，你并没有什么闲愁胡想，那么，在你太太已睡之后，你想在书房中静静地写些东西时，这唧唧的秋虫之声却也会无端地窜入你的心里，翻掘起你向不曾有过的一种凄感呢。如果那一夜是一个月夜，天井里统是银白色，枯秃的树影，一根一条地很清朗地印在地上，那么你的感触将更深了。那也许就是所谓悲秋。

秋虫之声，大都在蝉之夏曲已告终之后出现，那正与气候之寒暖相应。但我却有一次奇异的经验；在无数的纺织娘之鸣声已来了之后，却又听得满耳的蝉声。我想我们的读者中有这种经验的人是必不多的。

　　我在山中，每天听见的只有蝉声，鸟声还比不上。那时天气是很热，即在山上，也觉得并不凉爽。正午的时候，躺在廊前的藤榻上，要求一点的凉风，却见满山的竹树梢头，一动也不动，看看足底下的花草，也都静静地站着，如老僧入了定似的。风扇之类既得不到，只好不断地用手巾来拭汗，不断地在摇挥那纸扇了。在这时候，往往有几缕的蝉声在槛外鸣奏着。闭了目，静静地听了它们在忽高忽低，忽断忽续，此唱彼和，仿佛是一大阵绝清幽的乐队在那里奏着绝清幽的曲子，炎热似乎也减少了，然后，蒙眬地蒙眬地睡去了，什么都不觉得。良久，良久，清梦醒来时，却又是满耳的蝉声。山中的蝉真多！绝早的清晨，老妈子们和小孩子们常去抱着竹竿乱摇一阵，而一只二只的蝉便要跟随了朝露而落到地上了。每一个早晨，在我们滴翠轩的左近，至少是百只以上之蝉是这样的被捉。但蝉声却并不减少。

　　常常地，一只蝉两只蝉，叽的一声，飞入房内，如平时我们所见的青油虫及灯蛾之飞入一样。这也是必定被人所捉的。有一天，见有什么东西在槛外倒水的铅斗中咯笃咯笃的作响，俯身到槛外一看，却只是一只蝉，这当然又是一个俘虏了。还有好几次，在山脊上走时，忽见矮林丛中有什么东西在动，拨开林丛一看，却也是一只蝉。它是被竹枝竹叶挡阻住了不能飞去。我把它拾在手中。同行的心南先生说："这有什么稀奇，放走了它吧。要多少还怕没有！"我便顺手把它向风中一送，它悠悠扬扬地飞去很远很远，渐渐地不见了。我想不到这只蝉就在刚才是地上拾了来的那一只！

初到时，颇想把它们捉几个寄到上海去送送人。有一次便托了老妈子去捉。她在第二天一早，果然捉了五六只来放在一个大香烟纸盒中，不料给依真一见，她却吵着，带强迫地要去。我又托那个老妈子去捉。第二天，又捉了四五只来。依真的纸盒中却只剩下两只活的，其余的都死了。到了晚上，我的几只，也死了一半。因此，寄到上海的计划遂根本地打消了。从此以后，便也不再托人去捉，自己偶然捉来的，也都随手地放去了。那样不经久的东西，留下了它干什么用！不过孩子们却还热心地去捉。依真每天要捉至少三只以上用细绳子缚在铁杆上。有一次，曾有一只蝉居然带了红绳子逃去了；很长的一根红绳子，拖在它后面，在风中飘荡着，很有趣味。

半个月过去了；有的时候，似乎蝉声略少，第二天却又多了起来。虽然是叽……叽……的不息地鸣着，却并不觉喧扰，所以大家都不讨厌它们。我却特别地爱听它们的歌唱，那样的高旷清远的调子，在什么音乐会中可以听得到！所以我每以蝉声将绝为虑，时时地干涉孩子们的捕捉。

到了一夜，狂风大作，雨点如从水龙头上喷出似的，向槛内廊上倾倒。第二天还不放晴。再过一天，晴了，天气却很凉，蝉声乃不再听见了！全山上在鸣唱着的却换了一种咭嘎……咭嘎……的急促而凄楚的调子，那是纺织娘。

"秋天到了！"我这样地说着，颇动了归心。

再一天，纺织娘还是咭嘎咭嘎地唱着。

然而，第三天早晨，当太阳晒得满山时，蝉声却又听见了！且很不少。我初听不信，叽……叽……叽格……叽格……那确是蝉声！纺织娘之声却又潜踪了。

蝉回来了，跟它回来的是炎夏。从箱中取出的棉衣又复放入箱中。下山之计划遂又打消了。

谁曾于听了纺织娘歌声之后再听见蝉的夏曲呢？这是我的一个有趣的经验。

养花

老舍

我爱花，所以也爱养花。我可还没成为养花专家，因为没有工夫去做研究与试验。我只把养花当作生活中的一种乐趣，花开得大小好坏都不计较，只要开花，我就高兴。在我的小院中，到夏天，满是花草，小猫儿们只好上房去玩耍，地上没有它们的运动场。

花虽多，但无奇花异草。珍贵的花草不易养活，看着一棵好花生病欲死是件难过的事。我不愿时时落泪。北京的气候，对养花来说，不算很好。冬天冷，春天多风，夏天不是干旱就是大雨倾盆；秋天最好，可是忽然会闹霜冻。在这种气候里，想把南方的好花养活，我还没有那么大的本事。因此，我只养些好种易活、自己会奋斗的花草。

不过，尽管花草自己会奋斗，我若置之不理，任其自生自灭，它们多数还是会死了的。我得天天照管它们，像好朋友似的关切它们。一来二去，我摸着一些门道：有的喜阴，就别放在太阳地里，有的喜干，就别多浇水。这是个乐趣，摸住门道，花草养活了，而且三年五载老活着、开花，多么有意思呀！不是乱吹，这就是知识呀！多得些知识，一定不是坏事。

我不是有腿病吗，不但不利于行，也不利于久坐。我不知道花草们受我的照顾，感谢我不感谢；我可得感谢它们。在我工作的时候，我总是写了几十个字，就到院中去看看，浇浇这棵，搬搬那盆，然后回到屋中再写一点，然后再出去，如此循环，把脑力劳动与体力劳动结合到一起，有益身心，胜于吃药。要是赶上狂风暴雨或天气突变哪，就得全家动员，抢救花草，十分紧张。几百盆花，都要很快地抢到屋里去，使人腰酸腿疼，热汗直流。第二天，天气好转，又得把花儿都搬出去，就又一次腰酸腿疼，热汗直流。可是，这多么有意思呀！不劳动，连棵花儿也养不活，这难道不是真理么？

送牛奶的同志，进门就夸"好香"！这使我们全家都感到骄傲。赶到昙花开放的时候，约几位朋友来看看，更有秉烛夜游的神气——昙花总在夜里放蕊。花儿分根了，一棵分为数棵，就赠给朋友们一些；看着友人拿走自己的劳动果实，心里自然特别喜欢。

当然，也有伤心的时候，今年夏天就有这么一回。三百株菊秧还在地上（没到移入盆中的时候），下了暴雨。邻家的墙倒了下来，菊秧被砸死者约三十多种，一百多棵！全家都几天没有笑容！

　　有喜有忧，有笑有泪，有花有实，有香有色，既须劳动，又长见识，这就是养花的乐趣。

母鸡
老舍

　　一向讨厌母鸡。不知怎样受了一点惊恐。听吧，它由前院嘎嘎到后院，由后院再到前院，没结没完，而并没有什么理由；讨厌！有时候，它不这样乱叫，可是细声细气的，有什么心事似的，颤颤微微的，顺着墙根或沿着田坝，那么扯长了声如怨如诉，使人心中立刻结起个小疙瘩来。

　　它永远不反抗公鸡。可是，有时候却欺侮那最忠厚的鸭子。更可恶的是它遇到另一只母鸡的时候，它会下毒手，乘其不备，狠狠地咬一口，咬下一撮儿毛来。

　　到下蛋的时候，它差不多是发了狂，恨不能使全世界都知道它这点成绩；就是聋子也会被它吵得受不下去。

　　可是，现在我改变了心思！我看见一只孵出一群小雏鸡的母亲。

　　不论是在院里，还是在院外，它总是挺着脖儿，表示出世界上并没有可怕的东西。一个鸟儿飞过，或是什么东西响了一声，它立刻警戒起来：歪着头儿听；挺着身儿预备作战；

看看前，看看后，咕咕地警告群雏要马上集合到它身边来！

当它发现了一点可吃的东西，它咕咕地紧叫，啄一啄那个东西，马上便放下，教它的儿女吃。结果，每一只鸡雏的肚子都圆圆地下垂，像刚装了一两个汤圆儿似的，它自己却削瘦了许多。假如有别的大鸡来抢食，它一定出击，把它们赶出老远；连大公鸡也怕它三分。

它教给鸡雏们啄食，掘地，用土洗澡；一天教多少多少次。它还半蹲着——我想这是相当劳累的——教它们挤在它的翅下、胸下，得一点温暖。它若伏在地上，鸡雏们有的便爬在它的背上，啄它的头或别的地方，它一声也不哼。

在夜间若有什么动静，它便放声号叫，顶尖锐，顶凄惨，使任何贪睡的人也得起来看看，是不是有了黄鼠狼。

它负责，慈爱，勇敢，辛苦，因为它有了一群鸡雏。它伟大，因为它是鸡母亲。一个母亲必定就是一位英雄！

我不敢再讨厌母鸡了！

父亲的玳瑁
鲁彦

在墙脚跟刷然溜过的那黑猫的影,又触动了我对于父亲的玳瑁的怀念。

净洁的白毛的中间,夹杂些淡黄的云霞似的柔毛,恰如透明的妇人的玳瑁首饰的那种猫儿,是被称为"玳瑁猫"的。我们家里的猫儿正是那一类,父亲就给了它"玳瑁"这个名字。

在近来的这一匹玳瑁之前,我们还曾有过另外的一匹。它有着同样的颜色,得到了同样的名字,同是从我姊姊家里带来,一样地为我们所爱。

但那是我不幸的妹妹的玳瑁,它曾经和她盘桓了十二年的岁月。

而现在的这一匹,是属于父亲的。

它什么时候来到我们家里,我不很清楚,据说大约已有三年光景了。父亲给我的信,从来不曾提过它。在他的理智中,仿佛以为玳瑁毕竟是一匹小小的兽,比不上任何的家事,足以通知我似的。

但当我去年回到家里的时候,我看到了父亲和玳瑁的感情了。

每当厨房的碗筷一搬动,父亲在后房餐桌边坐下的时候,玳瑁便在门外"咪咪"地叫了起来。这叫声是只有两三声,从不多叫的。它仿佛在问父亲,可不可以进来似的。

于是父亲就说了,完全像对什么人说话一样:

"玳瑁,这里来!"

我初到的几天,家里突然增多了四个人,在玳瑁似乎感觉到热闹与生疏的恐惧,常不肯即刻进来。

"来吧,玳瑁!"父亲望着门外,不见它进来,又说了。

但是玳瑁只回答了两声"咪咪",仍在门外徘徊着。

"小孩一样,看见生疏的人,就怕进来了。"父亲笑着对我们说。

但是过了一会儿,玳瑁在大家的不注意中,已经跃上了父亲的膝上。

"哪,在这里了。"父亲说。

我们弯过头去看,它伏在父亲的膝上,睁着略带惧怯的眼望着我们,仿佛预备逃遁似的。

父亲立刻理会它的感觉,用手抚摩着它的颈背,说:"困吧，玳瑁。"一面他又转过来对我们说："不要多看它，它像姑娘一样的呢。"

我们吃着饭，玳瑁从不跳到桌上来，只是静静地伏在父亲的膝上。有时鱼腥的气息引诱了它，它便偶尔伸出半个头来望了一望，又立刻缩了回去。它的脚不肯触着桌。这是它的规矩，父亲告诉我们说，向来是这样的。

父亲吃完饭，站起来的时候，玳瑁便先走出门外去。它知道父亲要到厨房里去给它预备饭了。那是真的。父亲从来不曾忘记过，他自己一吃完饭，便去添饭给玳瑁的。玳瑁的饭每次都有鱼或鱼汤拌着。父亲自己这几年来对于鱼的滋味据说有点厌，但即使自己不吃，他总是每次上街去，给玳瑁带了一些鱼来，而且给它储存着的。

白天，玳瑁常在储藏东西的楼上，不常到楼下的房子里来。但每当父亲有什么事情将要出去的时候，玳瑁像是在楼上看着的样子，便溜到父亲的身边，绕着父亲的脚转了几下，一直跟父亲到门边。父亲回来的时候，它又像是在什么地方远远望着，静静地倾听着的样子，待父亲一跨进门限，它又在父亲的脚边了。它并不时时刻刻跟着父亲，但父亲的一举一动，父亲的进出，它似乎时刻在那里留心着。

晚上，玳瑁睡在父亲的脚后的被上，陪伴着父亲。

我们回家后，父亲换了一个寝室。他现在睡到弄堂门外一间从来没有人去的房子里了。

玳瑁有两夜没有找到父亲，只在原地方走着，叫着。它第一夜跳到父亲的床上，发现睡着的是我们，便立刻跳了出去。

正是很冷的天气。父亲记念着玳瑁夜里受冷，说它恐怕不会想到他会搬到那样冷落的地方去的。而且晚上弄堂门又关得很早。

但是第三天的夜里，父亲一觉醒来，玳瑁已在床上睡着了，静静地，"咕咕"念着猫经。

半个月后，玳瑁对我也渐渐熟了。它不复躲避我。当它在父亲身边的时候，我伸出手去，轻轻抚摩着它的颈背，它伏着不动。然而它从不自己走近我。我叫它，它仍不来。就是母亲，她是永久和父亲在一起的，它也不肯走近她。父亲呢，只要叫一声"玳瑁"，甚至咳嗽一声，它便不晓得从什么地方溜出来了，而且绕着父亲的脚。

有两次玳瑁到邻居去游走，忘记了吃饭。我们大家叫着"玳瑁玳瑁"，东西寻找着，不见它回来。父亲却猜到它哪里去了。他拿着玳瑁的饭碗走出门外，用筷子敲着，只喊了两声"玳瑁"，玳瑁便从很远的邻屋上走来了。

"你的声音像格外不同似的，"母亲对父亲说，"只消叫两声，又不大，它便老远地听见了。"

"是哪，它只听我管的哩。"

对于寂寞地度着残年的老人，玳瑁所给与的是儿子和孙子的安慰，我觉得。

六月四日的早晨，我带着战栗的心重到家里，父亲只躺在床上远远地望了我一下，便疲倦地合上了眼皮。我悲苦地牵着他的手在我的面上抚摩。他的手已经有点生硬，不复像往日柔和地抚摩玳瑁的颈背那么自然。据说在头一天的下午，玳瑁曾经跳上他的身边，悲鸣着，父亲还很自然地抚摩着它亲密地叫着"玳瑁"。而我呢，已经迟了。

从这一天起，玳瑁便不再走进父亲的以及和父亲相连的我们的房子。我们有好几天没有看见玳瑁的影子。我代替了父亲的工作，给玳瑁在厨房里备好鱼拌的饭，敲着碗，叫着"玳瑁"。玳瑁没有回答，也不出来。母亲说，这几天家里人多，闹得很，它该是躲在楼上怕出来的。于是我把饭碗一直送到楼上。然而玳瑁仍没有影子。过了一天，碗里的饭照样地摆在楼上，只饭粒干瘪了一些。

玳瑁正怀着孕，需要好的滋养。一想到这，大家更其焦虑了。

第五天早晨，母亲才发现给玳瑁在厨房预备着的另一只饭碗里的饭略略少了一些。大约它在没有人的夜里走进了厨房。它应该是非常饥饿了。然而仍像吃不下的样子。

一星期后，家里的戚友渐渐少了。玳瑁仍不大肯露面。无论谁叫它，都不答应，偶然在楼梯上溜过的后影，显得憔悴而且瘦削，连那怀着孕的肚子也好像小了一些似的。

一天一天家里愈加冷静了。满屋里主宰着静默的悲哀。一到晚上，人还没有睡，老鼠便吱吱叫着活动起来，甚至我们房间的楼上也在叫着跑着。玳瑁是最会捕鼠的。当去年我们回家的时候，即使它跟着父亲睡在远一点的地方，我们的房间里从没有听见过老鼠的声音，但现在玳瑁就睡在隔壁的楼上，也不过问了。我们毫不埋怨它。我们知道它所以这样的原因。

可怜的玳瑁。它不能再听到那熟识的亲密的声音，不能再得到那慈爱的抚摩，它是在怎样的悲伤呵！

三星期后，我们全家要离开故乡。大家预先就在商量，怎样把玳瑁带出来。但是离开预定的日子前一星期，玳瑁生了小孩了。我们看见它的肚子松瘪着。

怎样可以把它带出来呢？

然而为了玳瑁，我们还是不能不带它出来。我们家里的门将要全锁上。邻居们不会像我们似的爱它,而且大家全吃着素菜,不会舍得买鱼饲它。单看玳瑁的脾气,连对于母亲也是冷淡淡的,决不会喜欢别的邻居。

我们还是决定带它一道来上海。

它生了几个小孩,什么样子,放在哪里,我们虽然极想知道,却不敢去惊动玳瑁。我们预定在饲玳瑁的时候,先捉到它,然后再寻觅它的小孩。因为这几天来,玳瑁在吃饭的时候,已经不大避人,捉到它应该是容易的。

但是两天后,我们十几岁的外甥遏抑不住他的热情了。不知怎样,玳瑁的孩子们所在的地方先被他很容易地发现了。它们原来就在楼梯门口,一只半掩着的糠箱里。玳瑁和它的小孩们就住在这里,是谁也想不到的。外甥很喜欢,叫大家去看。玳瑁已经溜得远远的在惧怯地望着。

我们想,既然玳瑁已经知道我们发觉了它的小孩的住所,不如便先把它的小孩看守起来,因为这样,也可以引诱玳瑁的来到,否则它会把小孩衔到更没有人晓得的地方去的。

于是我们便做了一个更安适的窠,给它的小孩们,携进了以前父亲的寝室,而且就在父亲的床边。

那里是四个小孩,白的,黑的,黄的,玳瑁的,都还没有睁开眼睛。贴着压着,钻作一团,肥圆的。捉到它们的时候，偶然发出微弱的老鼠似的吱吱的鸣声。

"生了几只呀？"母亲问着。

"四只。"

"嗨，四只！怪不得！扛了你父亲的棺材，不要再扛我的呢！"母亲叹息着，不快活地说。

大家听着这话，愣住了。

"把它们丢出去！"外甥叫着说，但他同时却又喜悦地抚摩着玳瑁的小孩们，舍不得走开。

玳瑁现在在楼上寻觅了，它大声地叫着。

"玳瑁，这里来，在这里。"我们学着父亲仿佛对人说话似的叫着玳瑁说。

但是玳瑁像只懂得父亲的话，不能了解我们说什么。它在楼上寻觅着，在弄堂里寻觅着，在厨房里寻觅着，可不走进以前父亲天天夜里带着它睡觉的房子。我们有时故意作弄它的小孩们，使它们发出微弱的鸣声。玳瑁仍像没有听见似的。

过了一会儿，玳瑁给我们女工捉住了。它似乎饿了，走到厨房去吃饭，却不防给她一手捉住了颈背的皮。

"快来！快来！捉住了！"她大声叫着。

我扯了早已预备好的绳圈，跑出去。

玳瑁大声地叫着,用力地挣扎着。待至我伸出手去,还没抱住玳瑁,女工的手一松,玳瑁溜走了。

它再不到厨房里去,只在楼上叫着,寻觅着。

几点钟后,我们只得把玳瑁的小孩们送回楼上。它们显然也和玳瑁似的在忍受着饥饿和痛苦。

玳瑁又静默了,不到十分钟,我们已看不见它的小孩们的影子。现在可不必再费气力,谁也不会知道它们的所在。

有一天一夜,玳瑁没有动过厨房里的饭。以后几天,它也只在夜里,待大家睡了以后到厨房里去。

我们还想设法带玳瑁出来,但是母亲说:

"随它去吧,这样有灵性的猫,哪里会不晓得我们要离开这里。要出去自然不会躲开的。你们看它,父亲过世以后,再也不忍走进那两间房里,并且几天没有吃饭,明明在非常地伤心。现在怕是还想在这里陪伴你们父亲的灵魂呢。它原是你父亲的。"

我们只好随玳瑁自己了。它显然比我们还舍不得父亲,舍不得父亲所住过的房子,走过的路以及手所抚摸过的一切。父亲的声音,父亲的形象,父亲的气息,应该都还很深刻地萦绕在它的脑中。

可怜的玳瑁,它比我们还爱父亲!

然而玳瑁也太凄惨了。以后还有谁再像父亲似的按时给它好的食物,而且慈爱地抚摩着它,像对人说话似的一声声地叫它呢?

离家的那天早晨,母亲曾给它留下了许多给孩子吃的稀饭在厨房里。门虽然锁着,玳瑁应该仍然晓得走进去。邻居们也曾答应代我们给它饲料。然而又怎能和父亲在的时候相比呢?

现在距我们离家的时候又已一月多了。玳瑁应该很健康着,它的小孩们也该是很活泼可爱了吧?

我希望能再见到和父亲的灵魂永久同在着的玳瑁。

钓鱼

鲁彦

秋天早已来了,故乡的气候却还在夏天里。

那些特殊的渔夫,便是最好的例证。

那是一些十岁以上十六岁以下的男女孩子,和十六岁以上的青年以及四五十岁的将近老年的男子。他们像埋伏的哨兵似的,从村前到村后,占据着两道弯弯曲曲的河岸。孩子们五六成群的多在埠头上蹲着,坐着,或者伏着,把头伸在水面上,窥着水中石缝间的鱼虾。他们的钓竿是粗糙的,短小的,用细小的黄铜丝做的小钩,小钩上串着黑色的小蚯蚓,用鸡毛做浮子,用细线穿着。河虾是他们唯一的目的物。有时他们的头相碰了,钓线和钓线相缠了,这个的脚踢翻了那个的虾盆,便互相詈骂起来,厮打起来。青年们三三两两的或站在河滩的浅处,或坐在水车尽头上,或蹲在船边,一边望着水面的浮子,一面时高时低地笑语着。他们的钓竿是柔软的,细长的,一节一节青黑相间,显得特别美丽。他们用鹅毛做浮子,用丝线穿着,用针做成钩子。钩上串着红色的大蚯蚓。鲫鱼是他们的目的物。老年人多是单独地占据一处，坐在极小的板凳上，支着纸伞或布伞，静默得像打瞌睡似的望着水面的浮子。他们的钓竿和青年们的一样，但很少像青年们那样美丽。他们的目的物也是鲫鱼。在这三种人之外，有时还有几个中年的男子，背着粗大的钓竿，每节用黄铜丝包扎着，发着闪耀的光，用粗大的弦线穿着一大串长而且粗的浮子，把弦线卷在洋纱车筒上，把车筒钉在钓竿的根上，钩子是两枚或三枚的大铁钩。用染黑的铜丝紧扎着，不用食饵。他们像巡逻兵似的，在河岸上慢慢地走着，注意着水面。哪里起了泡沫，他们便把钩子轻轻地坠下去，等待鱼儿的误触。鲤鱼是他们的目的物。

说他们是渔夫，实际上却全不是。真正的渔夫是有着许多更有保证的方法捕捉鱼虾的。现在这群渔夫，大人们不过是因为闲散，青年们和孩子们因为感觉到兴趣浓厚罢了。有些人甚至不爱吃这些东西，钓上了，把它们养在水缸里。

我从前就是那样的一个渔夫。我不但不爱吃鱼，连闻到有些鱼的气息也要作呕的，河虾也只能勉强尝两三只。但我小时却是一个有名的善钓鱼虾的孩子。

我们的老屋在这村庄的中央，一边是桥，桥的两头是街道，正是最热闹的地方。河水由南而北，在我们老屋的东边经过。这里的河岸都用乱石堆嵌出来，石洞最多，河虾也最多。每年一到夏天，河水渐渐浅了，清了，从岸上可以透澈地看到近处的河底。早晨的太阳从东边射过来，石洞口的虾便开始活泼地爬行。伏在岸上往下望，连一根一根的虾须也清晰地看得见。

这时和其他的孩子们一样，我也开始忙碌了。从柴堆里选了一根最直的小竹竿，砍去了旁枝和丫枝，在煤油灯上把弯曲的竹节炙直了，拴上一截线。从屋角里找出鸡毛来，扯去了管旁的细毛，把鸡毛管剪成几分长的五截，穿在线上，加上小小的锡块，用铜丝捻成小钩，钓竿就成功了。然后在水缸旁阴湿的泥地，掘出许多黑色的小蚯蚓，用竹管或破碗装了，拿着一只小水桶，就到墙外的河岸上去。

"又要忙啦！钓来了给谁吃呀！"母亲每次总是这样地说。

但我早已笑嘻嘻地跑出了大门。

把钩子沉在岸边的水里，让虾儿们自己来上钩，是很慢的，我不爱这样。我爱伏在岸上，把钓竿放下，不看浮子，单提着线，对着一个一个的石洞口，上下左右地牵动那串着蚯蚓的钩子。这样，洞内洞外的虾儿立刻就被引来了。它颇聪明，并不立刻就把串着蚯蚓的钩子往嘴里送，它只是先用大钳拨动着，做一次试验。倘若这时浮子在水面，就现出微微的抖动，把线提起来，它便立刻放松了。但我只把线微微地牵动，引起它舍不得的欲望，它反用大钳钩紧了，扯到嘴边去。但这时它也还并不往嘴里送，似在做第二次试验；把钩子一推一拉地动着。于是浮子在水面，便跟着一上一下地浮沉起来。我只再把线牵得紧一点，它这才把钩子拉得紧紧的往嘴里送了。然而倘若凭着浮子的浮沉，是常常会脱钩的。有些聪明的虾儿常常不把钩子的尖头放进嘴里去，它们只咬着钩子的弯角处。见到这种吃法的虾子，我便把线搓动着，一紧一松地牵扯，使钩尖正对着它的嘴巴。看见它仿佛吞进去了，但也还不能立刻提起线来，有时还须把线轻轻地牵到它的反面，让钩子扎住它的嘴角，然后用力一提，它才嘶嘶嘶地弹着水，到了岸上。

把钩子从虾嘴里拿出来，把虾儿养在小水桶里，取了一条新鲜的小蚯蚓，放在左手心上，轻轻地用右手拍了两下，拍死了，便把旧的去掉，换上新的，放下水里，第二只虾子又很快地上钩了。同一个石洞里，常常住着好几只虾子，洞外又有许多游击队似的虾儿爬行着：腹上满贮着虾子的老实的雌虾，全身长着绿苔的凶狠的老虾，清洁透明的活泼的小虾。它们都一一地上了我的钩，进了我的小水桶。

"你这孩子真会钓，这许多！"大人们望了一望我的小水桶，都这样称赞说。

到了中午，我的小水桶里已经装满了。

"看你怎样吃得了！……"母亲又欢喜又埋怨地说。

她给我在饭锅里蒸了五六只，但我照例地只勉强吃了一半，有时甚至咬了半只就停筷了。

到了第二天早晨水桶里的虾儿呆的呆了，白的白了，很少能够养得活。母亲只好把它们煮熟了，送给隔壁的人家吃。因为她和我姊姊是比我更不爱吃的。

"你只是给人家钓，还要我赔柴赔盐赔油葱！"她老是这样地埋怨我，"算了吧，大热天，坐在房子里不好吗？你看你面孔，你头颈，全晒黑啦！"

但我又早已拿着钓竿、蚯蚓，提着小水桶，悄悄地走到河边去了。

夏天一到，没有什么比这更快乐，空水桶出去，满水桶回来，一只大的，一只小的，一只雌的，一只雄的，嘶嘶嘶弹着水从河里提上来，上下左右叠着堆着。

直至秋天来到，天气转凉了，河水大了，虾儿们躲进石洞里，不大出来，我也就把钓竿藏了起来。但这时母亲却恶狠狠地把我的钓竿折成了两三段，当柴烧了。

"还留到明年吗?一年比一年大啦,明年还要钓虾吗?明年再钓虾不给你读书啦,把你送给渔翁,一生捕鱼过活!……"

我默默地不做声,惋惜地望着灶火中毕剥地响着的断钓竿。

待下一年的夏天到时,我的新钓竿又做成了:比上年的长,比上年的直,比上年的美丽,钓来的虾也比上年的多。母亲老是说着照样的话,老是把虾儿煮熟了送给人家吃。

十六岁那一年,我的钓竿突然比我身体高了好几尺。我要开始钓鱼了。

两个和我最要好的同族的哥哥,一个叫做阿成哥,一个叫做阿华哥,替我做成了钓鱼竿,竹竿、浮子、钩子、锡块,全是他们的东西,我只拿了母亲一根丝线。做这钓竿的工厂就在阿华哥的家里,母亲全不知道。直至一切都做好了,我才背着那节节青黑相间的又粗长又柔软的钓竿,笑嘻嘻地走到家里来。

"妈……"我高兴地提高声音叫着,不说别的话。

我把背在肩上的钓竿竖起来,预备放下的时候,竿梢触着了顶上的天花板,发出窸窣窸窣的声音。我仿佛觉得自己长大了许多,亲手触着了天花板似的。

这时母亲从厨房里走出来了,她惊讶地呆了许久,像喜欢又像生气地瞪着眼望了望我的钓竿,又望了望我的全身。

过了一会儿,她的脸色渐渐沉下,显得忧郁的样子,叹了一口气,说了:"咳!十六岁啦,看你长得多么高啦,还不学好!难道真的一生钓鱼过活吗?……"

她哽咽起来,默然走进厨房。

我给她吓了一跳,轻轻把钓竿放下,呆了半天,不敢到厨房里去见她。过了许久,我独自走到楼上读书去了。

但钓竿就在脚下,只隔着一层楼板,仿佛它时刻在推我的脚底,使我不能安静。

第二天早饭后,趁着母亲在厨房里收拾碗筷,我终于暗地里背着我的可爱的钓竿出去了。

阿华哥正拿着锄头到邻近的屋边去掘蚯蚓,我便跟了去,分了他几条。又从他那里拿了一点糠灰,用水拌湿了,走到河边,用钓竿比一比远近,试一试河水的深浅,把一团糠灰丢了下去。看着它慢慢沉下去,一路融散,在河边做了一个记号,把钓竿放在阿华哥家里,又悄悄地跑到自己的家里。

母亲似乎并没注意到钓竿已经不在家里了,但问我到哪里去跑了一趟。我用别的话支吾了开去,便到楼上大声地读了一会儿书。

过了一刻钟,估计着丢糠灰的地方,一定集合了许多鱼儿,我又悄悄地下了楼,溜了出去,到阿华哥家里背了我的钓竿。

这时丢过糠灰的河中,果然聚集了许多鱼儿了。从水面的泡沫,可以看得出来。它们继续不断地这里一个,那里一个,亮晶晶的珠子似的滚到了水面。单独的是鲫鱼,成群的大泡沫有着游行性的是鲤鱼,成群的细泡沫有着固定性的是甲鱼。

我把大蚯蚓拍死,串在钩子上,卷开线,往那水泡最多的地方丢了下去,然后一手提着钓竿,静静地站在岸上注视着浮子的动静。

水面平静得和镜子一样,七粒浮子有三粒沉在水中,连极细微的颤动也看得见,离开河边几尺远,虾儿和小鱼是不去的。红色的蚯蚓不是鲤鱼和甲鱼所爱吃,爱吃的只有鲫鱼。它的吃法,可以从浮子上看出来:最先,浮子轻微地有节拍地抖了几下,这是它的试验,钓竿不能动,一动,它就走了;随后水面上的浮子,一粒或半粒,沉了下去,又浮了上来,反复了几次,这是它把钩子吸进嘴边又吐了出来,钓竿仍不能动,一动,尚未深入的钩子就从它的嘴边溜脱了;最后,水面的浮子,两三粒一起地突然往下沉了下去,又即刻一起浮了上来,这是它完全把钩子吞了进去,拖着往上跑的时候,可以迅速地把竿子提起来;倘若慢了一刻,等本来沉在水下的三粒浮子也送上水面,它就已吃去了蚯蚓,脱了钩了。

我知道这一切,眼快手快,第一次不到十分钟就钓上了一条相当大的鲫鱼。但同时到底因为初试,用力过猛了一点,使钩上的鱼儿跟着钓线绕了一个极大的圆圈,倘不是立刻往后跳了几步,鱼儿又落到水面,可就脱了钩了。然而它虽然没有落在水面,却已啪地撞在石路上,给打了个半死半活。

于是我欢喜地高举着钓竿,往家里走去。鱼儿仍在钓钩上,柔软的竿尖一松一紧地颤动着,仿佛蜻蜓点水一样。

"妈!大鱼来啦!大鱼来啦!……"我大声地叫了进去。

走到檐口,抬起头来,原来母亲已经站在我右边的后方,惊讶地望着。她这静默的态度,又使我吃了一惊,一场欢喜给她打散了一大半。我也便不敢做声,呆呆地立住了。

"果然又去钓鱼啦!……"过了一会儿,她埋怨说,"要是大鲤鱼上了钩,把你拖下河里去怎么办呢?……"

"那不会!拖它不上来,丢掉钓竿就是!"我立刻打断她的话,回答说。我知道她对这事并不严重,便索性拿了一只小水桶,又跑出去了。

到了吃中饭的时候,我提了满满的一桶回家。下午换了一个地方，又是一满桶。

"我可不给你杀，我从来不杀生的！"母亲说。

然而我并不爱吃，鲫鱼是带着很重的河泥气的，比海鱼还难闻。我把活的养在水缸里，半死的或已死的送给了邻居。

日子多了，母亲觉得惋惜，有时便请别人来杀，叫姊姊来烤，强迫我吃，放在我的面前，说："自己钓上来的鱼，应该格外好吃的，也该尝一尝！要不然，我把你钓竿折断当柴烧啦！"

于是我便不得不忍住了鼻息，钳起几根鱼边的葱来，胡乱地拨碎了鱼身。待第二顿，我索性把鱼碗推开了。它的气味实在令人作呕。母亲不吃，姊姊也不吃，终于又送了人。

然而我是快活的，我的兴趣全在钓的时候。

十八岁春天，我离开家乡了。一连五六年，不曾钓过鱼，也不曾见过鱼。我把我大部分的年月消耗在干燥的沙漠似的北方。

二十四岁回到故乡，正在夏天里，河岸的两边满是一班生疏的新的渔夫。我的心突突地跳着，想做一根新的钓竿去参加，终于没有勇气。父亲母亲和周围的环境支配着我，像都告诉我说，我现在成了一个大人了，而且是一个斯文的先生，上等的人物，是不能和孩子们，粗人们一道的。只有我的十二岁的妹妹,她现在继续着我,成了一个有名的钓虾的人物,我跟着她去,远远地站着,穿着文绉绉的长衫,仿佛在监视着她,怕她滚下河去似的,望了一会儿,但也不敢久了,便匆遽地回到屋里。

直至夏天将尽,我才有了重温旧梦的机会。

那时我的姊姊带了两个孩子,搬到了离我们老屋五里外的一个地方,我到那里去做了七八天的客人。

她的隔壁是我的一个堂叔的家。我小的时候,这个堂叔是住在我们老屋隔壁的,和我最亲热,和我父亲最要好。他约莫比我大了十二三岁,据说我小的时候,就是他抱大的。我只记得我十一二岁的时候,还时常爬到他的身上骑呀背呀地玩。七八年前,因为他要在婶婶的娘家那边街上开店,他便搬了家。姊姊所以搬到那边去,也就是因为有他们在那里住着,可以照顾。

这时叔叔已经没有开店了,在种田。有了两个孩子。他是没有一点祖遗的产业的人,开店又亏了本。生活的重担使他弯了一点背,脸上起了一些皱纹,他的皮肤被太阳晒成了棕红色,完全不像六七年前的样子了。只有他温和的笑脸,还依然和从前一样,见到我总是照样地非常亲热。他使我忘记了我已是二十几岁的大人,对他又发出孩子气来。

他屋前有一簇竹林,不大也不小,几乎根根都可以做钓鱼竿。二十几步外是一条东西横贯的河道。因为河的这边人口比较稀少,河的那边是旷野,往西五六里便是大山,所以这里显得很僻静,埠头上很少人洗衣服,河岸上很少行人,河道中也很少船只。我觉得这里是最适宜于我钓鱼了,便开始对叔叔露出欲望来。

"这一根竹子可以做钓鱼竿,叔叔!"我随意指着一根说。

叔叔笑了,他立刻知道了我的意思,摇一摇头,说:"这根太粗啦。你要钓鱼,我给你拣一根最好的。——你从前不是很喜欢钓鱼吗,现在没事,不妨消遣消遣。"

我立刻快乐了。我告诉他,我真的想钓鱼,在外面住了这许多年,是看不见故乡这种河道的。随后我就想亲自走到竹林里去,选择一根好的。

但他立刻阻止我了:"那里有刺,你不要进去,我给你砍吧。"

于是他拿了一把菜刀进去了。拣出来的正是一根细长柔软合宜的竹竿。随后鹅毛、钩子、锡块他全给我到街上买了来。糠灰、丝线是他家里有的。现在只差蚯蚓了。

"我自己去掘。"我说。

"你找不到,"他说,拿了锄头,"这里只有放粪缸的附近有那种蚯蚓,我看见别人掘到过,那里太脏啦,你不要去,还是我给你去掘吧。"

他说着走了,一定要我在屋内等他。

直至一切都预备齐,我欣喜地背上新的钓竿,预备出发的时候,他又在我手中抢去了小水桶和蚯蚓碗,陪着我到了河边。随后他回去了,一会儿拿了一条小凳来。

"坐着吧,腿子要站酸的哩。"

"好吧,叔叔,你去做你的事,等一会儿吃我钓上来的鱼。"

但他去了一会儿又来了,拿着一顶伞。

"太阳要晒黑的,戴着伞好些。"他说着给我撑了开来。

"我叫你婶婶把锅子洗干净了等你的鱼,我有事去啦。"他这才真的到他的田头去了。

五六年不见,我和我的叔叔都变了样了,但我们的两颗心都没有变,甚至比以前还亲热,面前的河道虽然换了场面,但河水却更清澈平静。许久不曾钓鱼了,我的技术也还没有忘却,而且现在更知道享受故乡的田园的乐趣。一根草,一叶浮萍,一个小水泡,一撮细小的波浪,甚至水中的影子极微的颤动,我都看出了美丽,感到了无限的愉悦。我几乎完全忘记了我是在钓鱼。

一连三天，我只钓上了七八条鱼。大家说我忘记了，我真的忘记了。

"总是看着山水出神啦，他不是五六年不见这种河道了吗？"叔叔给我推想说。

只有他最知道我。

然而我们不能长聚，几天后我不但离别了他，并且离别了故乡。

又过三年回来，我不能再看见我的叔叔。他在一年前吐血死了，显然是因为负担过重之故。

从那一次到现在，十多年了，为了生活的重担，我长年在外面奔波着，中间也只回到故乡三次，多是稍住一二星期，便又走了。只有今年，却有了久住的机会。但已像战斗场中负伤的兵士似的，尝遍了太多的苦味，有了老人的思想，对一切都感到空虚，见着叔叔的两个十几岁孩子，和自己的六岁孩子，夹杂在河边许多特殊的渔夫的中间，伏着蹲着，钓虾钓鱼，熙熙攘攘，虽然也偶然感到兴趣，走过去踱了一会儿，但已没有从前那样的耐心，可以一天到晚在街头或河边待着。

我也已经没有欲望再在河边提着钓竿。我今日也只偶然地感到兴奋，咀嚼着过去的滋味。

五祖寺

废名

现在我住的地方离五祖寺不过五里路，在我来到这里的第二天我已经约了两位朋友到五祖寺游玩过了。大人们做事真容易，高兴到哪里去就到哪里去！我说这话是同情于一个小孩子，便是我自己做小孩子的时候。真的，我以一个大人来游五祖寺，大约有三次，每回在我一步登高之际，不觉而回首望远，总很有一个骄傲，仿佛是自主做事的快乐，小孩子所欣羡不来的了。这个快乐的情形，在我做教师的时候也相似感到，比如有时告假便告假，只要自己开口说一句话，记得做小学生的时候总觉得告假是一件很不容易的事了。总之我以一个大人总常常同情于小孩子，尤其是我自己做小孩子的时候，——因之也常常觉得成人的不幸，凡事应该知道临深履薄的戒惧了，自己做主是很不容易的。因之我又常常羡慕我自己做小孩时的心境，那真是可以赞美的，在一般的世界里，自己那么的繁荣自己那么的廉贞了。五祖寺是我小时候所想去的地方，在大人从四祖、五祖寺带了喇叭、木鱼给我们的时候，幼稚的心灵，四祖寺、五祖寺真是心向往之，五祖寺又更是那么的有名，天气晴朗站在城上可以望得见那个庙那个山了。从县城到五祖山脚下有二十五里，从山脚下到庙里有五里。这么远的距离，那时我，一个小孩子，自己知道到五祖寺去玩是不可能的了。然而有一回做梦一般的真个走到五祖寺的山脚下来了，大人们带我到五祖寺来进香，而五祖寺在我竟是过门不入。这个，也不使我觉得奇怪，为什么不带我到山上去呢？也不觉得怅惘。只是我一个小孩子在一天门的茶铺里等候着，尚被系坐在车子上未解放下来，心里确是有点孤寂了。最后望见外祖母、母亲、姊姊从那个山路上下来了，又回到我们这个茶铺所在的人间街上来了（我真仿佛他们好容易是从天上下来），甚是喜悦。我，一个小孩子，似乎记得始终没有说一句话。到现在那件过门不入的事情，似乎还是没有话可说，即是说没有质问大人们为什么不带我上山去的意思，过门不入也是一个圆满，其圆满真仿佛是一个人间的圆满，就在这里为止也一点没有缺欠。所以我先前说我在茶铺里坐在车上望着大人们从山上下来好像从天上下来，是一个实在的感觉。那时我满了六岁，已经上学了，所以寄放在一天门的缘故，大约是到五祖寺来进香小孩子们普遍的情形，因为山上的路车子不能上去，只好在山脚下茶铺里等着。或者是我个人特别的情形亦未可知，因为我记得那时我是大病初愈，还不能好好地走路，外祖母之来五祖寺进香乃是为我求福了，不能好好走路的小孩子便不能跟大人一路到山上去，故寄放在一天门。不论为什么缘故，其实没有关系，因为我已经说明了，那时我一个小孩子便没有质问的意思，叫我在这里等着就在这里等着了。这个忍耐之德，是我的好处。最可赞美的，他忍耐着他不觉苦恼，忍耐又给了他许多涵养，因为我，一个小孩子，每每在这里自己游戏了，到长大之后也就在这里生了许多记忆。现在我总觉得到五祖寺进香是一个奇迹，仿佛昼与夜似的完全，一天门以上乃是我的夜之神秘了。这个夜真是给了我一个很好的记忆。后来我在济南千佛山游玩，走到一个小庙之前，白墙上横写着"一天门"三个字，我很觉得新鲜，"一天门？"真的我这时乃看见"一天门"三个字这么个写法，儿时听惯了这个名字，没想到这个名字应该怎么写了。原来这里也有一天门，我以为一天门只在我们家乡五祖寺了。然而一天门总还在五祖寺，以后我总仿佛"一天门"三个字写在一个悬空的地方，这个地方便是我记忆里的一天门了。我记忆里的一天门其实什么也不记得，真仿佛是一个夜了。今年我自从来到亭前之后，打一天门经过了好几回，一天门的街道是个什么样子我曾留心看过，但这个一天门也还是与我那个一天门全不相干，我自己好笑了。写到这里，我想起了二天门。今年四月里，我在多云山一个亲戚家里住，一天约了几个人到五祖寺游玩，走进一天门，觉得不像，也就算了，但由一天门上山的那个路我仿佛记得是如此，因此我很喜欢地上着这个路，一直走到二天门，石径之间一个小白屋，上面写"二天门"，大约因为一天门没有写着一天门的缘故，故我，一个大人，对于这个二天门很表示着友爱了，见了这个数目字很感着有趣，仿佛是第一回明白一个"一"字又一个"二"字那么好玩。我记得小时读"一去二三里，烟村四五家，楼台六七座，八九十枝花"，起初只是唱着和着罢了，有一天忽然觉着这里头有一二三四五六七八九十，十个字，乃拾得一个很大的喜悦，不过那个喜悦甚是繁华，虽然只是喜欢那几个数目字，实在是仿佛喜欢一天的星，一春的花；这回喜欢"二天门"，乃是喜欢数目字而已，至多不过旧雨重逢的样子，没有另外的儿童世界了。后来我在二天门休息了不小的工夫，那里等于一个凉亭，半山之上，对于上山的人好像简单一把扇子那么可爱。

　　那么儿时的五祖寺其实乃与五祖寺毫不相干，然而我喜欢写五祖寺这个题目。我喜欢这个题目的缘故，恐怕还因为五祖寺的归途。到现在我也总是记得五祖寺的归途,其实并没有记住什么,仿佛记得天气,记得路上有许多桥,记得沙子的路。一个小孩子,坐在车上,我记得他同大人们没有说话,他那么沉默着,喜欢过着木桥,这个木桥后来乃像一个影子的桥,它那么的没有缺点,永远在一个路上。稍大读《西厢记》,喜欢"四围山色中,一鞭残照里"两句,也便是唤起了五祖寺归途的记忆,不过小孩子的"残照"乃是朝阳的憧憬罢了。因此那时也懂得读书的快乐。我真要写当时的情景其实写不出,我的这个好题目乃等于交一份白卷了。

烟霞余影

石评梅

一　龙潭之滨

细雨蒙蒙里,骑着驴儿踏上了龙潭道。

雨珠也解人意,只像沙霰一般落着,湿了的是崎岖不平的青石山路。半山岭的桃花正开着,一堆一堆远望去像青空中叠浮的桃色云;又像一个翠玉的篮儿里,满盛着红白的花。烟雾迷漫中,似一幅粉纱,轻轻地笼罩了青翠的山峰和卧崖。

谁都是悄悄地,只听见得得的蹄声。回头看芸,我不禁笑了,她垂鞭踏蹬,昂首挺胸的像个马上的英雄;虽然这是一幅美丽柔媚的图画,不是黄沙无垠的战场。

天边絮云一块块叠重着,雨丝被风吹着像细柳飘拂。远山翠碧如黛。如削的山峰里,涌出的乳泉,汇成我驴蹄下一池清水。我骑在驴背上,望着这如画的河山,似醉似痴,轻轻颤动我心弦的凄音;往事如梦,不禁对着这高山流水深深地叹了一口气!

惭愧我既不会画，又不能诗，只任着秀丽的山水由我眼底逝去，像一只口衔落花的燕子，飞掠进深林。

这边是悬崖，那边是深涧，狭道上满是崎岖的青石，明滑如镜，苍苔盈寸；因之驴蹄踏上去一步一滑！远远望去似乎人在峭壁上高悬着。危险极了，我劝芸下来，驴交给驴夫牵着，我俩携着手一跳一窜地走着。四围望不见什么，只有笔锋般的山峰像屏风一样环峙着；涧底淙淙流水碎玉般声音，好听似月下深林，晚风吹送来的环珮声。

跨过了几个山峰，渡过了几池流水，远远地就听见有一种声音，不是檐前金铃玉铎那样清悠意远，不是短笛洞箫那样凄哀情深，差堪比拟像云深处回绕的春雷，似近又远，似远又近的在这山峰间蕴蓄着。芸和我正走在一块悬岩上，她紧握住我的手说：

"蒲，这是什么声音？"

我莫回答她：抬头望见几块高岩上，已站满了人，疏疏洒洒像天上的小星般密布着。苹在高处招手叫我，她说："快来看龙潭！"在众人欢呼声中，我踟蹰不能向前：我已想着那里是一个令我意伤的境地，无论它是雄壮还是柔美。

一步一步慢腾腾地走到苹站着的那块岩石上，那春雷般的声音更响亮了。我俯首一望，身上很迅速地感到一种清冷，这清冷，由皮肤直浸入我的心，包裹了我整个的灵魂。

这便是龙潭，两个青碧的岩石中间，汹涌着一朵一片的絮云，它是比银还晶洁，比雪还皎白；一朵一朵的由这个山层飞下那个山层，一片一片由这个深涧飘到那个深涧。它像山灵的白袍，它像水神的银须；我意想它是翠屏上的一幅水珠帘，我意想它是裁剪下的一匹白绫。但是它都不能比拟，它似乎是一条银白色的蛟龙在深涧底回旋，它回旋中有无数的仙云拥护，有无数的天乐齐鸣！

我痴立在岩石上不动，看它瞬息万变，听它钟鼓并鸣。一朵白云飞来了，只在青石上一溅，莫有了！一片雪絮飘来了，只在青石上一掠，不见了！我站在最下的一层，抬起头可以看见上三层飞涛的壮观；到了这最后一层遂汇聚成一池碧澄的潭水，是一池清可见底，光能鉴人的泉水。

在这种情形下，我不知心头感到的是欣慰，还是凄酸？我轻渺得像晴空中一缕烟线，不知是飘浮在天上还是人间？空洞洞的不知我自己是谁？谁是我自己？同来的游伴我也觉着她们都生了翅儿在云天上翱翔，那淡紫浅粉的羽衣，点缀在这般湖山画里，真不辨是神是仙了。

我的眼不能再看什么了，只见白云一片一片由深涧中乱飞！我的耳不能再听什么了，只听春雷轰轰在山坳里回旋！

世界什么都莫有,连我都莫有,只有涛声絮云,只有潭水涧松。

芸和苹都跑在山上去照相。掉在水里的人的嬉笑声,才将我神驰的灵魂唤回来。我自己环视了一周山峰,俯视了一遍深潭,我低低喊着母亲,向着西方的彩云默祷!我觉着二十余年的尘梦,如今也应该一醒;近来悲惨的境遇,凄伤的身世,也应该找个结束。萍踪浪迹十余年漂泊天涯,难道人间莫有一块高峰,一池清溪,做我埋骨之地。如今这絮云堆中,只要我一动足,就可脱解了这人间的樊篱羁系;从此逍遥飘渺和晚风追逐。

我向着她们望了望,我的足已走到岩石的齿缘上,再有一步我就可离此尘世,在这洁白的潭水中,漭浣一下这颗尘沙蒙蔽的小心,忽然后边似乎有人牵着我的衣襟,回头一看芸紧皱着眉峰瞪视着我。

"走吧,到山后去玩玩。"她说着牵了我就转过一个山峰,她和我并坐在一块石头上。我现在才略略清醒,慢慢由遥远的地方把自己找回来,想到刚才的事又喜又怨,热泪不禁夺眶滴在襟上。我永不能忘记,那山峰下的一块岩石,那块岩石上我曾惊悟了二十余年的幻梦,像水云那样无凭呵!

可惜我不是独游,可惜又不是月夜,假如是月夜,是一个眉月伴疏星的月夜,来到这里,一定是不能想不能写的境地。白云絮飞的瀑布,在月下看着一定更美到不能言,钟鼓齐鸣的涛声,在月下听着一定要美到不敢听。这时候我一定能向深潭明月里,找我自己的幻影去;谁也不知道,谁也想不到:那时芸或者也无力再阻挠我的清兴!

雨已停了,阳光揭起云幕悄悄在窥人;偶然间来到山野的我们,终于要归去。我不忍再看龙潭,遂同芸、苹走下山来,走远了,那春雷般似近似远的声音依然回绕在耳畔。

二 翠峦清潭畔的石床

黄昏时候汽车停到万寿山,揆已雇好驴在那里等着。梅隐许久不骑驴了,很迅速地跨上鞍去,一扬鞭驴子的四蹄已飞跑起来,几乎把她翻下来,我的驴腿上有点伤不能跑,连走快都不能,幸而好是游山不是赶路,走快走慢莫关系。

这条路的景致非常好,在平坦的马路上,两旁的垂柳常系拂着我的鬓角,迎面吹着五月的和风,夹着野花的清香。翠绿的远山望去像几个青螺,淙淙的水音在桥下流过,似琴弦在月下弹出的凄音,碧清的池塘,水底平铺着翠色的水藻,波上被风吹起一弧一弧的皱纹,里边游影着玉泉山的塔影;

最好看是垂杨荫里，黄墙碧瓦的官房，点缀着这一条芳草萋萋的古道。

经过颐和园围墙时，静悄悄除了风涛声外，便是那啼尽兴亡恨事的暮鸦，在苍松古柏的枝头悲啼着。

他们的驴儿都走得很快，转过了粉墙，看见梅隐和揆并骑赛跑；一转弯掩映在一带松林里，连铃声衣影都听不见看不见了。我在后边慢慢让驴儿一拐一拐地走着，我想这电光石火的一刹那能在尘沙飞落之间，错错落落遗留下这几点蹄痕，已是烟水因缘，又哪可让他迅速地轻易度过，而不仔细咀嚼呢！人间的驻停，只是一凝眸，无论如何繁缛绮丽的事境，只是昙花片刻，一卷一卷的像他们转入松林一样渺茫，一样虚无。

在一片松林里，我看见两头驴儿在地上吃草，驴夫靠在一棵树上蹲着吸潮烟，梅隐和揆坐在草地上吃葡萄干；见我来了他们跑过来替我拢住驴，让我下来。这是一个墓地，中间芳草离离，放着一个大石桌几个小石凳，被风雨腐蚀，已经是久历风尘的样子。坟头共有三个，青草长了有一尺多高，四围遍植松柏，前边有一个石碑牌坊，字迹已模糊不辨，不知是否奖励节孝的？如今我见了坟墓，常起一种非喜非哀的感觉；愈见的坟墓多，我烦滞的心境愈开旷；虽然我和他们无一面之缘，但我远远望见这黑色的最后一幕时，我总默默替死者祝福！

梅隐见我立在这不相识的墓头发呆，她轻轻拍着我肩说："回来！"揆立在我面前微笑了。那时驴夫已将驴鞍理好，我回头望了望这不相识的墓，骑上驴走了。他们大概也疲倦了，不是他们疲倦是驴们疲倦了，因之我这拐驴有和他们并驾齐驰的机会。这时暮色已很苍茫，四面迷蒙的山岚，不知前有多少路，后有多少路；那烟雾中轻笼的不知是山峰还是树林？凉风吹去我积年的沙尘，尤其是吹去我近来的愁恨，使我投入这大自然的母怀中沉醉。

唯自然可美化一切，可净化一切，这时驴背上的我，心里充满了静妙神微的颤动；一鞭斜阳，得得蹄声中，我是个无忧无虑的骄儿。

大概是七点多钟，我们的驴儿停在卧佛寺门前，两行古柏萧森，一道石坡欹斜，庄严黄红色的穹门，恰恰笼罩在那素锦千林，红霞一幕之中。我踱过一道蜂腰桥，底下有碧绿的水，潜游着龙眼红鱼，像燕掠般在水藻间穿插。过了一个小门，望见一大块岩石，狰狞像一个卧着的狮子，岩石旁有一个小亭，小亭四周，遍环着白杨，暮云里蝉声风声噪成一片。

走过几个院落，依稀还经过一个方形的水池，就到了我们住的地方，我们住的地方是龙王堂。龙王堂前边是一眼望不透的森林，森林中漏着一个小圆洞，白天射着太阳，晚上照着月亮；后边是山，是不能测量的高山，那山上可以望见景山和北京城。

刚洗完脸，辛院的诸友都来看我，带来的糖果，便成了招待他们的茶点；在这里逢到，特别感着朴实的滋味，似乎我们都有几分乡村真诚的遗风。吃完饭，我回来时，许多人伏在石栏上拿面包喂鱼，这个鱼池比门前那个澄清，鱼儿也长得美丽。看了一会儿鱼，我们许多人出了卧佛寺，由小路抄到寺后上山去，揆叫了一个卖汽水点心的跟着，想寻着一个风景好的地方时，在月亮底下开野餐会。

这时候暝色苍茫，远树浓荫郁葱，夜风萧萧瑟瑟，梅隐和揆走着大路，我和芸便在乱岩上跳蹿，苔深石滑，跌了不晓得有多少次。经过一个水涧，他们许多人悬崖上走，我和芸便走下了涧底，水不深，而碧清可爱，淙淙的水声，在深涧中听着依稀似嫠妇夜啼。几次回首望月，她依然模糊，被轻云遮着；但微微的清光由云缝中泄漏，并不如星夜那么漆黑不辨。前边有一块圆石，晶莹如玉，石下又汇集着一池清水。我喜欢极了，刚想爬上去，不料一不小心，跌在水里把鞋袜都湿了！他们在崖上，拍着手笑起来，我的脸大概是红了，幸而在夜间他们不曾看见；芸由岩石上踏过来才将我拖出水池。

抬头望悬崖峭壁之上，郁郁阴森的树林里掩映着几点灯光，夜神翅下的景致，愈觉得神妙深邃，冷静凄淡，这时候无论什么事我都能放得下超得过，将我的心轻轻地捧献给这黑衣的夜神。我们的足步声笑语声，惊得眠在枝上的宿鸟也做不成好梦，抖战着在黑暗中乱飞，似乎静夜旷野爆发了地雷，震得山中林木，如喊杀一般的纷乱和颤嗫！前边大概是村庄人家吧，隐隐有犬吠的声音，由那片深林中传出。

爬到山巅时，凉风习习，将衣角和短发都（吹）起来。我立在一块石床上，抬头望青苍削岩，乳泉一滴滴，由山缝岩隙中流下去，俯视飞瀑流湍，听着像一个系着小铃的白兔儿，在涧底奔跑一般，清泠泠忽远忽近那样好听。我望望云幕中的月儿，依然露着半面窥探，不肯把团圆赐给人间这般痴望的人们。这时候，揆来请我去吃点心，我们的聚餐会遂在那个峰上开了。这个会开得并不快活，各人都懒松松不能十分作兴，月儿呢模模糊糊似乎用泪眼望着我们。梅隐躺在草上唱着很凄凉的歌，真令人愁肠百结；揆将头伏在膝上，不知他是听他姐姐唱歌，还是膜首顶礼和默祷？这样夜里，不知什么紧压着我们的心,不能像往日那样狂放浪吟,解怀痛饮?

陪着他们坐了有几分钟,我悄悄地逃席了。一个人坐在那边石床上,听水涧底的声音,对面阴浓萧森的树林里,隐隐现出房顶;冷静静像死一般笼罩了宇宙。不幸在这非人间的,深碧而窅渺的清潭,映出我迷离恍惚的尘影;我卧在石床上,仰首望着模糊泪痕的月儿,静听着清脆激越的水声和远处梅隐凄凉入云的歌声,这时候我心头涌来的凄酸,真愿在这般月夜深山里尽兴痛哭;只恨我连这都不能,依然和在人间一样要压着泪倒流回去。蓬勃的悲痛,还让它埋葬在心坎中去辗转低吟!而这颗心恰和林梢月色,一样的迷离惨淡,悲情荡漾!

芸轻轻走到我身旁,凄(然)地望着我!我遂起来和芸跨过这个山峰,忽然眼前发现了一块绿油油的草地。我们遂拣了一块斜坡,坐在上边。面前有一棵松树,月儿正在树影中映出,下边深涧万丈,水流的声音已听不见;只有草虫和风声,更显得静寂中的振荡是这般阴森可怕!我们坐在这里,想不出什么话配在这里谈,而随便的话更不愿在这里谈。这真是最神秘的夜呵!我的心更较清冷,经这度潭水涛声洗涤之后。

夜深了，远处已隐隐听见鸡鸣，露冷夜寒，穿着单衣已有点战栗，我怕芸冻病，正想离开这里；揆和梅隐来寻我们，他们说在远处望见你们，像坟前的两个石像。

这夜里我和梅隐睡在龙王堂，而我的梦魂依然留在那翠峦清潭的石床上。

北戴河海滨的幻想

徐志摩

他们都到海边去了。我为左眼发炎不曾去。我独坐在前廊,偎坐在一张安适的大椅内,袒着胸怀,赤着脚,一头的散发,不时有风来撩拂。清晨的晴爽,不曾消醒我初起时睡态;但梦思却半被晓风吹断。我阖紧眼帘内视,只见一斑斑消残的颜色,一似晚霞的余赭,留恋地胶附在天边。廊前的马樱、紫荆、藤萝、青翠的叶与鲜红的花,都将他们的妙影映印在水汀上,幻出幽媚的情态无数;我的臂上与胸前,亦满缀了绿荫的斜纹。从树荫的间隙平望正见海湾:海波亦似被晨曦唤醒,黄蓝相间的波光,在欣然地舞蹈。滩边不时见白涛涌起,迸射着雪样的水花。浴线内点点的小舟与浴客,水禽似的浮着;幼童的欢叫,与水波拍岸声,与潜涛呜咽声,相间的起伏,竞报一滩的生趣与乐意。但我独坐的廊前,却只是静静的,静静的无甚声响。妩媚的马樱,只是幽幽地微展着,蝇虫也敛翅不飞。只有远近树里的秋蝉在纺纱似的引他们不尽的长吟。

在这不尽的长吟中，我独坐在冥想。难得是寂寞的环境，难得是静定的意境；寂寞中有不可言传的和谐，静默中有无限的创造。我的心灵，比如海滨，生平初度的怒潮，已经渐次地消翳，只剩有疏松的海沙中偶尔的回响，更有残缺的贝壳，反映星月的辉芒。此时摸索潮余的斑痕，追想当时汹涌的情景，是梦或是真，再亦不须辨问，只此眉梢的轻皱，唇边的微哂，已足解无穷奥绪，深深地蕴伏在灵魂的微纤之中。

青年永远趋向反叛，爱好冒险；永远如初度航海者，幻想黄金机缘于浩渺的烟波之外；想割断系岸的缆绳，扯起风帆，欣欣地投入无垠的怀抱。他厌恶的是平安，自喜的是放纵与豪迈。无颜色的生涯，是他目中的荆棘；绝海与凶巇，是他爱取自由的途径。他爱折玫瑰；为她的色香，亦为她冷酷的刺毒。他爱搏狂澜：为他的庄严与伟大，亦为他吞噬一切的天才，最是激发他探险与好奇的动机。他崇拜冲动：不可测，不可节，不可预逆，起，动，消歇皆在无形中，狂飙似的倏忽与猛烈与神秘。他崇拜斗争：从斗争中求剧烈的生命之意义，从斗争中求绝对的实在，在血染的战阵中，呼胜利之狂欢或歌败丧的哀曲。

幻象消灭是人生里命定的悲剧；青年的幻灭，更是悲剧中的悲剧，夜一般的沉黑，死一般的凶恶。纯粹的，猖狂的热情之火，不同阿拉伯的神灯，只能放射一时的异彩，不能永久地朗照；转瞬间，或许，便已敛熄了最后的焰舌，只留存有限的余烬与残灰，在未灭的余温里自伤与自慰。

流水之光，星之光，露珠之光，电之光，在青年的妙目中闪耀，我们不能不惊讶造化者艺术之神奇，然可怖的黑影，倦与衰与饱餍的黑影，同时亦紧紧地跟着时日进行，仿佛是烦恼，痛苦，失败，或庸俗的尾曳，亦在转瞬间，彗星似的扫灭了我们最自傲的神辉——流水涸，明星没，露珠散灭，电闪不再！

在这艳丽的日辉中，只见愉悦与欢舞与生趣，希望，闪烁的希望，在荡漾，在无穷的碧空中，在绿叶的光泽里，在虫鸟的歌吟中，在青草的摇曳中——夏之荣华，春之成功。春光与希望，是长驻的；自然与人生，是调谐的。

在远处有福的山谷内，莲馨花在坡前微笑，稚羊在乱石间跳跃，牧童们，有的吹着芦笛，有的平卧在草地上，仰看变幻的浮游的白云，放射下的青影在初黄的稻田中缥缈地移过。在远处安乐的村中，有妙龄的村姑，在流涧边照映她自制的春裙；口衔烟斗的农夫三四，在预度秋收的丰盈，老妇人们坐在家门外阳光中取暖，她们的周围有不少的儿童，手擎着黄白的钱花在环舞与欢呼。

在远——远处的人间，有无限的平安与快乐，无限的春光……

在此暂时可以忘却无数的落蕊与残红；亦可以忘却花荫中掉下的枯叶，私语地预告三秋的情意；亦可以忘却苦恼的僵瘗的人间，阳光与雨露的殷勤，不能再恢复他们腮颊上生命的微笑，亦可以忘却纷争的互杀的人间，阳光与雨露的仁慈，不能感化他们凶恶的兽性；亦可以忘却庸俗的卑琐的人间，行云与朝露的丰姿，不能引逗他们刹那间的凝视；亦可以忘却自觉的失望的人间，绚烂的春时与媚草，只能反激他们悲伤的意绪。

我亦可以暂时忘却我自身的种种；忘却我童年期清风白水似的天真；忘却我少年期种种虚荣的希冀；忘却我渐次的生命的觉悟；忘却我热烈的理想的寻求；忘却我心灵中乐观与悲观的斗争；忘却我攀登文艺高峰的艰辛；忘却刹那的启示与彻悟之神奇；忘却我生命潮流之骤转；忘却我陷落在危险的旋涡中之幸与不幸；忘却我追忆不完全的梦境；忘却我大海里埋首的秘密；忘却曾经刳割我灵魂的利刃，炮烙我灵魂的烈焰，摧毁我灵魂的狂飙与暴雨；忘却我的深刻的怨与艾；忘却我的冀与愿；忘却我的恩泽与惠感；忘却我的过去与现在……

过去的实在,渐渐地膨胀,渐渐地模糊,渐渐地不可辨认;现在的实在,渐渐地收缩,逼成了意识的一线,细极狭极的一线,又裂成了无数不相连续的黑点……黑点亦渐次地隐翳?幻术似的灭了,灭了,一个可怕的黑暗的空虚……

窗外的春光

庐隐

几天不曾见太阳的影子，沉闷包围了她的心。今早从梦中醒来，睁开眼，一线耀眼的阳光已映射在她红色的壁上，连忙披衣起来，走到窗前，把洒着花影的素幔拉开。前几天种的素心兰，已经开了几朵，淡绿色的瓣儿，衬了一颗朱红色的花心，风致真特别，即所谓"冰洁花丛艳小莲，红心一缕更嫣然"了。同时一股沁人心脾的幽香，喷鼻醒脑，平板的周遭，立刻涌起波动，春神的薄翼，似乎已扇动了全世界凝滞的灵魂。

说不出是喜悦，还是惆怅，但是一颗心灵涨得满满的，——莫非是满园春色关不住，——不，这连她自己都不能相信；然而仅仅是为了一些过去的眷恋，而使这颗心不能安定吧！本来人生如梦，在她过去的生活中，有多少梦影已经模糊了，就是从前曾使她惆怅过，甚至于流泪的那种情绪，现在也差不多消逝净尽，就是不曾消逝的而在她心头的意义上，也已经变了色调，那就是说从前以为严重了不得的事，现在看来，也许仅仅只是一些幼稚的可笑罢了！

兰花的清香，又是一阵浓厚地包袭过来，几只蜜蜂嗡嗡地在花旁兜着圈子，她深切地意识到，窗外已充满了春光；同时二十年前的一个梦影，从那深埋的心底复活了：

一个仅仅十零岁的孩子，为了脾气的古怪，不被家人们的了解，于是把她送到一所囚牢似的教会学校去寄宿。那学校的校长是美国人，——一个五十岁的老处女，对于孩子们管得异常严厉，整月整年不许孩子走出那所建筑庄严的楼房外去；四围的环境又是异样的枯燥，院子是一片沙土地；在角落里时时可以发现被孩子们踏陷的深坑，坑里纵横着人体的骨骼，没有树也没有花，所以也永远听不见鸟儿的歌曲。

春风有时也许可怜孩子们的寂寞吧！在那洒过春雨的土地上，吹出一些青草来——有一种名叫"辣辣棍棍"的，那草根有些甜辣的味儿，孩子们常常伏在地上，寻找这种草根，放在口里细细地嚼咀；这可算是春给她们特别的恩惠了！

那个孤零的孩子，处在这种阴森冷漠的环境里，更是倔强，没有朋友，在她那小小的心灵中，虽然还不曾认识什么是世界；也不会给这个世界一个估价，不过她总觉得自己所处的这个世界，是有些乏味；她追求另一个世界。在一个春风吹得最起劲的时候，她的心也燃烧着更热烈的希冀，但是这所囚牢似的学校,那一对黑漆的大门仍然严严地关着,就连从门缝看看外面的世界,也只是一个梦想。于是在下课后,她独自跑到地窖里去,那是一个更森严可怕的地方,四围是石板做的墙,房顶也是冷冰冰的大石板,走进去便有一股冷气袭上来,可是在她的心里,总觉得比那死气沉沉的校舍,多少有些神秘性吧。最能引诱她的当然还是那几扇矮小的窗子,因为窗子外就是一座花园。这一天她忽然看见窗前一丛蝴蝶兰和金钟罩,已经盛开了,这算给了她一个大诱惑,自从发现了这窗外的春光后,这个孤零的孩子,在她生命上,也开了一朵光明的花,她每天像一只猫儿般,只要有工夫,便蜷伏在那地窖的窗子上,默然地幻想着窗外神秘的世界。

她没有哲学家那种富有根据的想象,也没有科学家那种理智的头脑,她小小的心,只是被一种天所赋予的热情紧咬着。她觉得自己所坐着的这个地窖,就是所谓人间吧——一切都是冷硬淡漠,而那窗子外的世界却不一样了。那里一切都是美丽的,和谐的,自由的吧!她欣羡着那外面的神秘世界,于是那小小的灵魂,每每跟着春风,一同飞翔了。她觉得自己变成一只蝴蝶,在那盛开着美丽的花丛中翱翔着,有时她觉得自己是一只小鸟,直扑天空,伏在柔软的白云间甜睡着。她整日支着颐不动不响地尽量陶醉,直到夕阳逃到山背后，大地垂下黑幕时，她才快快地离开那灵魂的休憩地，回到陌生的校舍里去。

她每日每日照例地到地窨里来——一直过完了整个的春天。忽然她看见蝴蝶兰残了，金钟罩也倒了头，只剩下一丛深碧的叶子，苍茂地在熏风里撼动着，那时她竟莫明其妙地流下眼泪来。这孩子真古怪得可以，十零岁的孩子前途正远大着呢，这春老花残，绿肥红瘦，怎能惹起她那么深切的悲感呢？！但是孩子从小就是这样古怪，因此她被家人所摒弃，同时也被社会所摒弃。在她的童年里，便只能在梦境里寻求安慰和快乐，一直到她否认现实世界的一切，她终成了一个疏狂孤介的人。在她三十年的岁月里，只有这些片段的梦境，维系着她的生命。

阳光渐渐地已移到那素心兰上，这目前的窗外春光，撩拨起她童年的眷恋，她深深地叹息了："唉，多缺陷的现实的世界呵！在这春神努力地创造美丽的刹那间，你也想遮饰起你的丑恶吗？人类假使连这些梦影般的安慰也没有，我真不知道人们怎能延续他们的生命哟！"

但愿这窗外的春光，永驻人间吧！她这样虔诚地默祝着，素心兰像是解意般地向她点着头。

三贝先生家训

沈从文

年高有德的三贝先生不幸于今年正月初四日"遽返道山"了！这于C城是一种惊人的骚动、重大的损失。当三声落气炮响过后不到五分钟，全县城人便都在纷纷议论他的"平生大节"了。大凡贤者身后，总有一部分不能了解他伟大人格的人，常常立于反对方面，以攻评诋毁，三贝先生自然也不是例外。也许是他太好——不然，便是C县的舆论太不公允了，你无论走到什么地方，见了一个卖豆腐或卖落花生的小贩，问他"三贝先生如何"，他答复了你所问以外，必定还附带地加一句奚落三贝的话，如"那个凿刻鬼"或"那老怪物"一类言辞。

据说三贝是无疾而终的，还正是一般"积德厚福"人应有的事。不过，从田大伯妈处得来的消息，则又明明是因问他做校长的那个儿子退抚育费不得而气死的。她是与三贝有瓜葛的人。她女婿曾拜寄过三贝隔房堂弟做干崽，大概这话也总不是全无把柄！

总之，三贝先生是今年正月初四日午时死去了，是"无疾而终"还是"气伤肚肠"而死的？我们不是应措意的事，很可以不必再过问。倘若是真有那种好摆闲事的人寻根究底，只指示讣文给看就得了，讣文因明载着"享年七十有八……无疾而终"！

三贝是有钱有势的人，丧事自然是非常之热闹。他第五儿子是现在县署第二科的科员，第六儿子——就是有气死老子嫌疑的那个——又是中学的校长，儿孙又多，因之出殡那一天竟有许多人执绋。有用松柏枝扎成的香亭，有用白布缠就的灵轿，有十来个敲法器的大师傅，有各种表示无家的脚牌，有朱红绫子的铭旌，有写上——"典型犹存"或"里失贤者"——的挽联祭幛，有两趟锣鼓及一队细乐，有一队制服整齐的学生；而且，知事大人也屈尊到来送丧；此外，典狱官张四老爷，地方财产保管处田老爷，宋连长，稽查局刘局长，初从上海毕业转来的九二先生……都莫不大襟上佩了一朵白纸花，沉肃谨敬地在鼻涕眼泪一把抓的孝子前头走着。警察所长呢，另外又专派了四名着号衣的年轻警兵，随同灵柩左右照料，免得那些打高脚牌、打祭幛的小孩子，沿途吵嘴滋事。

"好热闹阔绰的丧事！"

当灵柩从道门口菜市过身时，许多妇人，老头子；以及卖白菜的老妳；担水卖的哑爷；都带了羡慕神气这样说。

三贝先生生活就是这样结束了，也可谓"生荣死哀"。

不过，人虽死去，但其"嘉言懿行"流传于Ｃ城老一辈人口中的却很多很多，大体都极有关于"世道人心"。因此谨就我所知者，摘录一二，至其"出处大节"，则已有Ｃ县宿儒方梧庐先生为之作传，兹均不述及。

——节抄家训——

过大桥时，应将脚步加速——但亦不必如驰如奔兔撞损徐元记之窑货担子——不然，设于此时桥忽圮下，岂不危极险极？桥久不修，年代渊远，适于此时圮下，实亦"事所必至理有固然"者也！

进城时，到城洞下亦应加快一脚；尤其是曾经失火之东门，并须用双手将脑壳掩护，如此：既可防意外之虞，即或万一猛不知道于彼时从上而掉落一砖头瓦片，亦可因手在上而不致伤脑。至于到城门洞卖羊肉、卖粉条、卖布那种要钱不要命之事情，千万莫去做。最好连买也莫买，即或东西再好，价钱再贱。

有客人久坐未动时，应不俟呼唤时时将茶献客。冲茶之水不必顶沸——不沸之水则尤好。若然，客即不知趣硬赖到吃饭后方去，其食量因喝水过多亦必大减。

逢年过节用大荤祀祖——其实不用亦可，不见"采藻明其洁"之训乎？——实在万不得已，最好是用零买法为佳：譬如称肉一斤，则分为四处，每处四两。如此办法，既可选择皮薄骨少心所欲得之肉，而斤两上亦占便宜不少。

厨房粪坑院中到夏天粪过稀不能售出时，可加以草灰斗许；但应切记将草灰之价同时算入。

……

三贝先生家训多至百余则，而每则均有独到之见解，此但选其一小部分耳。其行为尤钦歆不同于流俗，容当汇次编出，以介绍于"未获亲炙"三贝先生诸读者前。

C县大概是湖南一县，究竟在湖南哪一处，我也不大清白了。至其家训，除为代加标点外，初未敢易去一字。

芸按：妳（nǎi）乃苗中未嫁姑娘普通称呼。①

---

① 沈从文以"芸芸"的笔名发表了本文。此为他加的原注。

代狗
沈从文

"杂种,你莫起来,还要老子捶你吧?"

"噢……人家脚板心还痛呀!"代狗烂起两块脸要哭的样子。

但他知道他爹的手,除了拧耳朵以外,还会捏拢来送硬骨梨吃的,虽然口上还想撒一点娇,说是脚板心不好,终于窸窸窣窣从那老蓝布蚊帐里伸出一个满是黄毛发的脑壳——他起床了。

"快!快!放麻利点!"

"噢……!"

他爹老欧,坐在那趋抹刺黑的矮矮茅屋里一张矮脚板凳上搓着索子,编排草鞋上的耳朵。屋里没有个窗子,太黑了,他的工作,不得不靠从破壁罅里漏跑进来的天光。

"你不瞧石家躴[1]代狗同鸭毛崽不是天莫亮就爬起来上坡去吗!"

---

[1] 躴(lāng):方言用字,意为"瘦小"。

"我脚还——"

"脚痛就不上坡吧？"

代狗用手背搽了一下眼屎。把腰肩翻了一下。从土墙上取了一双草鞋来坐在他爹左边。

"我割担草——"

"这几天鬼要你草。……怕哪样？仍然到后山去砍，和尚来时，脚放麻利一点。实在是翻不过坳来，把毛签朝茨棚里一揎，爬上树去。老和尚眼睛猫猫子，赶不到你们，还不是又转庙里去睡觉了——再慢慢地转来，不行吗？"

"你讲得容易。"

"你刴时轻一点啰。"

"三不知碰来抓到了，那怎么办？"

"蠢杂种！他口上大喊大叫，什么'抓到！抓到！抓到帮我捶死这偷柴的苗崽崽！'其实也不过是口上打娃娃，哄哄小孩子！当真你怕他抓到你就敢捶个净死吧？"

代狗想起昨天的事情，不由得又打了一个冷痉。这冷痉的意思只有他自己知道，他爹是无从注意的。

……托，托，托，这边刀砍一下树身，那边同样声音便回响转来。鸭毛崽正高高兴兴唱着——

> 高坡高坳竖庵堂，

攀坡盘岭来烧香——

　　人家烧香为儿女；

　　我家烧香为娇娘——

忽地，老和尚凶神恶煞的样子，发现于红墙前了。搂起大衣袖筒的灰布衫子，口中不住喊："抓到！抓到这狗肏的！"一直冲向自己所站的地方来。他们都懂得老和尚的意思了，便丢开了未剁完的树，飞一般逃，跳了四五棚茨窠，越过两条老坎，跑跑跑跑，才听不到老和尚"抓到……"声音。危险固然脱了，但当狂逃的当中，一颗牛茨却乘到代狗脚板踏着它时，一钻钻进代狗脚心了。虽经鸭毛崽为设法拔了出来，却已流了许多鲜血，而且到今早脚着地时，还略略感到一点痒疼。

脚本来不算回事，但和尚那副凶神恶煞的脸，在他脑中晃来晃去时，却能够把代狗的身子似乎缩小了，缩小到比灶头上正在散步的灶马儿还小。

他终于嗫嗫嚅嚅说出他不愿去的意思了。

"万一再去被他抓到，纵不当真捶死我，但把我手膀子用葛索一捆，吊到山门前去示众，那是做得到！到那时，让那些朝山的娘女们，这个觑一眼，那个觑一眼，口里还要带点渣滓骂句'小强盗应该''这鬼崽那么躲就偷人东西，到大时只好砍脑壳'丑话，那以后怎么见人？"

"那时老子会到大坪赵家去请赵老爷讨保。"

代狗听到他老子的话，没有什么可藉词。他若是城里人读过书的小孩，哪怕也会再想个方法同他爹来嚼，可惜没有读书的人就这样笨！

他无聊无赖地站起身来，伸了个懒腰，走到灶边去把挂在柱上的镰刀往屁股后一撇，略注意到灶上那三匹从从容容正在散步的灶马一忽儿，说了句——

"爹，你进城时多买块豆腐。"走出去了。

老欧虽说因了自己不大会做家务，又老爱喜欢喝一杯包谷子酒，串串筋骨，弄得手边紧紧的，时常要他十岁大的代狗跑到南华山庙背后去做点冒险事情，但他究竟是一个有把握的人啊；他记到杨瞎子在三年前为他推算流年的结果，是命当午水，须过六年才转运，所以这六年中他决定忍耐到等运气来时再戒酒。他也曾想到纵或代狗被和尚一把捞到，真的要绑到山门去示众时，很可以像从前石家躲代狗的爹偷竹子事情一样，挑一担松毛到赵大发家去，对大发或大发屋里人磕一个头，——天大的事也熨帖了。因为大发的嘱咐"只要有事，关于庙前庙后的纠葛，同我来说，老和尚不敢不遵。我曾见过他炖猪蹄子，一张出来，他就不得了！"也还在他耳边。

不过，老欧的意思，也并不是专以为有大发方面可说情，就逗着要代狗崽去受老和尚恐吓！他实在还有别的主意。他知道代狗崽人虽小，但很伶精，跑得快，决不至会为猫猫眼的老和尚抓到。不然，这面一根柴没有得到，那面倒反而要挑一担值两百制钱以上的干松毛请人讲情，这算盘怎么打法呢？

早上——一堆土一个兵

沈从文

天欲发白。一切皆静静的。这份沉静便孕育了稍后一时金铁齐鸣的种子。

老同志伏在山地土沟边如一只狗,身穿破棉袄儿,见得多,听得多,胆量稳稳的,心沉沉的,不怕冷,不怕饿。

为的是会那么一手,有了经验,到时候天空中燕子似的钢铁飞窜,"来,×你的娘,炸你个七块八块!"一下子把那个黑沉沉的玩意儿,向远处抛去,訇……一堆烟子,一堆石头,一堆泥土,向上直卷。一口猛劲的犁,一只瞧不见的大手,这么一下翻起多少东西!那大腿,那手指,那点撕碎拉长的内脏;起花的肠子,水蛇似的肠子。"来,×你祖宗,再来一下!"又再来一下。

在那时节老同志是半疯的。空中的一切声音皆使他发疯。"来,×你……"便又再来了一下。每一个动作相伴而来的是个粗俗的字眼,这包含了一种力量,一分气。

老同志可没有死,天知道这是谁出的主意,勇敢人照例就不会轻易死。枪子儿常常赶人背后穿,你想跑,只一下子你便完事了。你不跑,你不会在冲过来的毛子以前完事。

嘘……一颗流弹;一只紫色的鸟儿打头上飞过去,一个信号,暴雨中第一滴雨点。来了,昨天的事又快来了。同天明一样,黑夜一走终究要来的。

一切过去了,黑夜和沉默皆已过去了。远处有了机关枪声音一阵,过后又异常沉静了。

天已亮,好像再不会有什么事。

老同志把手在空虚里抓了一把,看看风向什么方面吹。老同志身伴一个小同志,一个学生,那顶圆圆的钢盔搁在头上,代为说明他来到这儿还不多久。那学生哑哑地说:

"老伴,老伴,别开玩笑,小心一点儿。"

"小心一点儿?小心你做皇帝的命!你是来干吗的?我问你。"

那一边便无回嘴声音了。

过一会儿,那戴了钢盔的学生却说:

"老同志,老同志,到了一万顶钢盔,今早冲锋时可不怕机关枪了。"

人年轻了一点,话说得那么傻,真像机关枪子儿单拣脑瓜子钻,别一处皮肉不作兴穿过似的。故老同志听到这儿时笑也不笑。后面的人要买帽子爱国，前面的可不要。他们要大炮小炮，要机关炮同向空中飞机瞄准的高射炮，向谁去要？从学生看来这老同志正有点傻，像么么勇敢，那么猛，不是傻子谁做得出这件事。看看地面各处已现出了淡淡的轮廓，壕沟如一条黑色带子，向高处爬去。学生问：

"老同志，老同志，你为什么到这儿来？"

"我为什么到这儿来？鬼明白。你为什么到这儿来？我问你。人明白的都不来，来的就不大明白。大家都想搬了宝贝向南边跑，不要脸，不害羞。留下性命做皇帝，这块土地谁来守？"

"你有家，……有土。"

"我有田土舍不得离开吗？我有坟土。毛子来了，占去咱们的土地，祖宗出了多少力，流过多少血，家门前一块肥土让他们拿去，不丢丑？读书人不怕丢丑我可怕丢丑。站不住了，脑瓜子炸了，胸脯瘪了，躺到那炮弹犁起的坑里去，让它烂，让它腐。赶明儿有人会说：'老同志不瘪，争一口气，不让自己离开窄窄的沟儿向宽处跑。他死了，他硬朗，他值价。'"

那学生一句话不说，也把手在空气中捞了那么一下，想爬过来一点，似乎要亲老同志一下，老同志说：

"伙计，小心点，不是玩的。"

"得啦，我让你去做皇帝。我把你这个。"他想脱下那顶帽子，这帽子使他害了羞。

啵……

一下子小雏儿完了，放翻了，一个滚便转到壕沟里泥水中去了。一顶钢盔留在老同志身边。

"发明这玩意儿帽子？"老同志道，"天空中落雪子时，戴它到头上去，挡一阵雪子。送来一万顶，好像全望着别炸碎脑子，枪子儿赶别处进，把受伤的填满一个北京城，让人知道抵抗了那么久，伤了那么多，就来讲和似的。妈妈的，你们讲和我不和。我怕丢丑。我们祖宗并不丢丑。"

稍远处有了枪声，左边有了枪声，右边有了枪声，老同志摸摸身边，身边有一十七个炸药作馅的铁棒槌。寒气中一切皆结了冰似的；空气结了冰，铁也结了冰。

一片阳光

林徽因

放了假，春初的日子松弛下来。将午未午时候的阳光，澄黄的一片，由窗棂横浸到室内，晶莹地四处射。我有点发怔，习惯地在沉寂中惊讶我的周围。我望着太阳那湛明的体质，像要辨别它那交织绚烂的色泽，追逐它那不着痕迹的流动。看它洁净地映到书桌上时，我感到桌面上平铺着一种恬静，一种精神上的豪兴，情趣上的闲逸；即或所谓"窗明几净"，那里默守着神秘的期待，漾开诗的气氛。那种静，在静里似可听到那一处琤琮的泉流，和着仿佛是断续的琴声，低诉着一个幽独者自误的音调。看到这同一片阳光射到地上时，我感到地面上花影浮动，暗香吹拂左右，人随着晌午的光霭花气在变幻，那种动，柔谐婉转有如无声音乐，令人悠然轻快，不自觉地脱落伤愁。至多，在舒扬理智的客观里使我偶一回头，看看过去幼年记忆步履所留的残迹，有点儿惋惜时间；微微怪时间不能保存情绪，保存那一切情绪所曾流连的境界。

倚在软椅上不但奢侈，也许更是一种过失，有闲的过失。但东坡的辩护"懒者常似静，静岂懒者徒"，不是没有道理。如果此刻不倚榻上而"静"，则方才情绪所兜的小小圈子便无条件地失落了去！人家就不可惜它，自己却实在不能不感到这种亲密的损失的可哀。

就说它是情绪上的小小旅行吧，不走并无不可，不过走走未始不是更好。归根说，我们活在这世上到底最珍惜一些什么？果真珍惜万物之灵的人的活动所产生的种种，所谓人类文化？这人类文化到底又靠一些什么？我们怀疑或许就是人身上那一撮精神同机体的感觉，生理心理所共起的情感，所激发出的一串行为，所聚敛的一点智慧，——那么一点点人之所以为人的表现。宇宙万物客观的本无所可珍惜，反映在人性上的山川草木禽兽才开始有了秀丽，有了气质，有了灵犀。反映在人性上的人自己更不用说。没有人的感觉，人的情感，即便有自然，也就没有自然的美，质或神方面更无所谓人的智慧，人的创造，人的一切生活艺术的表现！这样说来，谁该鄙弃自己感觉上的小小旅行？为壮壮自己胆子，我们更该相信唯其人类有这类情绪的驰骋，实际的世间才赓续着产生我们精神所寄托的文物精粹。

此刻我竟可以微微一咳嗽，乃至于用播音的圆润口调说：

我们既然无疑地珍惜文化，即尊重盘古到今种种的艺术——无论是抽象的思想的艺术，或是具体的驾驭天然材料另创的非天然形象，——则对于艺术所由来的渊源，那点点人的感觉，人的情感智慧（通称人的情绪），又当如何地珍惜才算合理？

但是情绪的驰骋，显然不是诗或画或任何其他艺术建造的完成。这驰骋此刻虽占了自己生活的若干时间，却并不在空间里占任何一个小小位置！这个情形自己需完全明了。此刻它仅是一种无踪迹的流动，并无栖身的形体。它或含有各种或可捉摸的质素，但是好奇地探讨这个质素而具体要表现它的差事，无论其有无意义，除却本人外，别人是无能为力的。我此刻为着一片清婉可喜的阳光，分明自己在对内心交流变化的各种联想发生一种兴趣的注意，换句话说，这好奇与兴趣的注意已是我此刻生活的活动。一种力量又迫着我来把握住这个活动，而设法表现它，这不易抑制的冲动，或即所谓艺术冲动也未可知！只记得冷静的杜工部散散步，看看花，也不免会有"江上被花恼不彻，无处告诉只颠狂"的情绪上一片紊乱！玲珑煦暖的阳光照人面前，那美的感人力量就不减于花，不容我生硬地自己把情绪分划为有闲与实际的两种，而权其轻重，然后再决定取舍的。我也只有情绪上的一片紊乱。

情绪的旅行本偶然的事,今天一开头并为着这片春初晌午的阳光,现在也还是为着它。房间内有两种豪侈的光常叫我的心绪紧张如同花开,趁着感觉的微风,深浅零乱于冷智的枝叶中间。一种是烛光,高高的台座,长垂的烛泪,熊熊红焰当帘幕四下时各处光影掩映。那种闪烁明艳,雅有古意,明明是画中景象,却含有更多诗的成分。另一种便是这初春晌午的阳光,到时候有意无意的大片子洒落满室,那些窗棂栏板几案笔砚浴在光蔼中,一时全成了静物图案;再有红蕊细枝点缀几处,室内更是轻香浮溢,叫人俯仰全触到一种灵性。

这种说法怕有点会发生误会,我并不说这片阳光射入室内,需要笔砚花香那些儒雅的托衬才能动人,我的意思倒是:室内顶寻常的一些供设,只要一片阳光这样又幽娴又洒脱地落在上面,一切都会带上另一种动人的气息。

这里要说到我最初认识的一片阳光。那年我六岁,记得是刚刚出了水珠以后——水珠即寻常水痘,不过我家乡的话叫它作水珠。当时我很喜欢那美丽的名字,忘却它是一种病,因而也觉到一种神秘的骄傲。只要人过我窗口问问出"水珠"么?我就感到一种荣耀。那个感觉至今还印在脑子里。也为这个缘故,我还记得病中奢侈的愉悦心境。虽然同其他多次的害病一样,那次我仍然是孤独地被囚禁在一间房屋里休养的。那是我们老宅子里最后的一进房子,白粉墙围着小小院子,北面一排三间,当中夹着一个开敞的厅堂。我病在东头娘的卧室里。西头是婶婶的住房。娘同婶永远要在祖母的前院里行使她们女人们的职务的,于是我常是这三间房屋唯一留守的主人。

在那三间屋子里病着,那经验是难堪的。时间过得特别慢,尤其是在日中毫无睡意的时候。起初,我仅集注我的听觉在各种似脚步,又不似脚步的上面。猜想着,等候着,希望着人来。间或听听隔墙各种琐碎的声音,由墙基底下传达出来又消敛了去。过一会儿,我就不耐烦了——不记得是怎样的,我就蹑着鞋,挨着木床走到房门边。房门向着厅堂斜斜地开着一扇,我便扶着门框好奇地向外探望。

那时大概刚是午后两点钟光景,一张刚开过饭的八仙桌,异常寂寞地立在当中。桌下一片由厅口处射进来的阳光,泄泄融融地倒在那里。一个绝对悄寂的周围伴着这一片无声的金色的晶莹,不知为什么,忽使我六岁孩子的心里起了一次极不平常的振荡。

那里并没有几案花香,美术的布置,只是一张极寻常的八仙桌。如果我的记忆没有错，那上面在不多时间以前，是刚陈列过咸鱼、酱菜一类极寻常俭朴的午餐的。小孩子的心却呆了。或许两只眼睛倒张大一点，四处地望，似乎在寻觅一个问题的答案。为什么那片阳光美得那样动人？我记得我爬到房内窗前的桌子上坐着，有意无意地望望窗外，院里粉墙疏影同室内那片金色和煦绝然不同趣味。顺便我翻开手边娘梳妆用的旧式镜箱，又上下摇动那小排状抽屉，同那刻成花篮形小铜坠子，不时听雀跃过枝清脆的鸟语。心里却仍为那片阳光隐着一片模糊的疑问。

　　时间经过二十多年，直到今天，又是这样一泄阳光，一片不可捉摸，不可思议流动的而又恬静的瑰宝，我才明白我那问题是永远没有答案的。事实上仅是如此：一张孤独的桌，一角寂寞的厅堂。一只灵巧的镜箱，或窗外断续的鸟语，和水珠——那美丽小孩子的病名——便凑巧永远同初春静沉的阳光整整复斜斜地成了我回忆中极自然的联想。

蛛丝和梅花

林徽因

真真的就是那么两根蛛丝,由门框边轻轻地牵到一枝梅花上。就是那么两根细丝,迎着太阳光发亮……再多了,那还像样么?一个摩登家庭如何能容蛛网在光天白日里作怪,管它有多美丽,多玄妙,多细致,够你对着它联想到一切自然造物的神工和不可思议处;这两根丝本来就该使人脸红,且在冬天够多特别!可是亮亮的,细细的,倒有点像银,也有点像玻璃制的细丝,委实不算讨厌,尤其是它们那么洒脱风雅,偏偏那样有意无意地斜着搭在梅花的枝梢上。

你向着那丝看,冬天的太阳照满了屋内,窗明几净,每朵含苞的,开透的,半开的梅花在那里挺秀吐香,情绪不禁迷茫缥缈地充溢心胸,在那刹那的时间中振荡。同蛛丝一样的细弱,和不必需,思想开始抛引出去;由过去牵到将来,意识的,非意识的,由门框梅花牵出宇宙,浮云沧波踪迹不定。是人性,艺术,还是哲学,你也无暇计较,你不能制止你情绪的充溢,思想的驰骋,蛛丝梅花竟然是瞬息可以千里！

　　好比你是蜘蛛，你的周围也有你自织的蛛网，细致地牵引着天地，不怕多少次风雨来吹断它，你不会停止了这生命上基本的活动。此刻……"一枝斜好，幽香不知甚处"……

　　拿梅花来说吧，一串串丹红的结蕊缀在秀劲的傲骨上，最可爱，最可赏，等半绽将开地错落在老枝上时，你便会心跳！梅花最怕开；开了便没话说。索性残了，沁香拂散同夜里炉火都能成了一种温存的凄清。

　　记起了，也就是说到梅花，玉兰。初是有个朋友说起初恋时玉兰刚开完，天气每天的暖，住在湖旁，每夜跑到湖边林子里走路，又静坐幽僻石上看隔岸灯火，感到好像仅有如此虔诚地孤对一片泓碧寒星远市，才能把心里情绪抓紧了，放在最可靠最纯净的一撮思想里，始不至亵渎了或是惊着那"寤寐思服"的人儿。那是极年轻的男子初恋的情景——对象渺茫高远，反而近求"自我的"郁结深浅——他问起少女的情绪。

　　就在这里，忽记起梅花。一枝两枝，老枝细枝，横着，虬着，描着影子，喷着细香；太阳淡淡金色地铺在地板上：四壁琳琅，书架上的书和书签都像在发出言语；墙上小对联记不得是谁的集句；中条是东坡的诗。你敛住气，简直不敢喘息，踮起脚，细小的身形嵌在书房中间，看残照当窗，花影摇曳，你像失落了什么，有点儿迷惘。又像"怪东风着意相寻"，有点儿没主意！浪漫，极端的浪漫。"飞花满地谁为扫？"你问，情绪风似的吹动，卷过，停留在惜花上面。再回头看看，花依旧嫣然不语。"如此娉婷，谁人解看花意"，你更沉默，几乎热情地感到花的寂寞，开始怜花，把同情统统诗意地交给了花心！

这不是初恋，是未恋，正自觉"解看花意"的时代。情绪的不同，不止是男子和女子有分别，东方和西方也甚有差异。情绪即使根本相同，情绪的象征，情绪所寄托，所栖止的事物却常常不同。水和星子同西方情绪的联系，早就成了习惯。一颗星子在蓝天里闪，一流冷涧倾泻一片幽愁的平静，便激起他们诗情的波涌，心里甜蜜地，热情地便唱着由那些鹅羽的笔锋散下来的"她的眼如同星子在暮天里闪"，或是"明丽如同单独的那颗星，照着晚来的天"，或"多少次了，在一流碧水旁边，忧愁倚下她低垂的脸"。

惜花，解花太东方，亲昵自然，含着人性的细致是东方传统的情绪。

此外年龄还有尺寸，一样是愁，却跃跃似喜，十六岁时的，微风零乱，不颓废，不空虚，踮着理想的脚充满希望，东方和西方却一样。人老了脉脉烟雨，愁吟或牢骚多折损诗的活泼。大家如香山，稼轩，东坡，放翁的白发华发，很少不梗在诗里，至少是令人不快。话说远了，刚说是惜花，东方老少都免不了这嗜好，这倒不论老的雪鬓曳杖，深闺里也就攒眉千度。

最叫人惜的花是海棠一类的"春红"，那样娇嫩明艳，开过了残红满地，太招惹同情和伤感。但在西方即使也有我们同样的花，也还缺乏我们的廊庑庭院。有了"庭院深深深几许"才有一种庭院里特有的情绪。如果李易安的"斜风细雨"底下不是"重门须闭"也就不"萧条"得那样深沉可爱，李后主的"终日谁来"也一样的别有寂寞滋味。看花更须庭院，常常锁在里面认识，不时还得有轩窗栏杆，给你一点凭藉，虽然也用不着十二栏杆倚遍，那么惝弱无聊。

当然旧诗里伤愁太多：一首诗竟像一张美的证券，可以照着市价去兑现！所以庭花，乱红，黄昏，寂寞太滥，时常失却诚实。西洋诗，恋爱总站在前头，或是"忘掉"，或是"记起"，月是为爱，花也是为爱，只使全是真情，也未尝不太腻味。就以两边好的来讲，拿他们的月光同我们的月色比，似乎是月色滋味深长得多。花更不用说了；我们的花"不是预备采下缀成花球，或花冠献给恋人的"，却是一树一树绰约的，个性的，自己立在情人的地位上接受恋歌的。

所以未恋时的对象最自然的是花，不是因为花而起的感慨，——十六岁时无所谓感慨——仅是刚说过的自觉解花的情绪。寄托在那清丽无语的上边，你心折它绝韵孤高，你为花动了感情，实说你同花恋爱，也未尝不可——那惊讶狂喜也不减于初恋。还有那凝望，那沉思……

一根蛛丝！记忆也同一根蛛丝，搭在梅花上就由梅花枝上牵引出去，虽未织成密网，这诗意的前后，也就是相隔十几年的情绪的联络。

午后的阳光仍然斜照，庭院阒然，离离疏影，房里窗棂和梅花依然伴和成为图案，两根蛛丝在冬天还可以算为奇迹，你望着它看，真有点像银，也有点像玻璃，偏偏那么斜挂在梅花的枝梢上。

老黄
席慕蓉

前几年,我们这个位于淡水山坡上的社区野狗为患。居民委员会特别为这件事开了一次会,决定择期请人来捕捉野狗,还写了一张大大的公告张贴在社区入口的地方。

日期到了,约好的捕犬车也来了。可是,那天整个山坡上却是鸟喧花静,空无一"犬"。除了被主人特别禁闭在院中的家犬之外,平日那些在巷子里熙来攘往,携儿带女的流浪族群却一只也不见。最后,捕犬车也只好空车回去了。

事后,我们的主任委员只好开玩笑地说:

"不该在大门口贴公告的啦!人会看,狗也说不定会看啊!这不就一只只都去避难了吗?我们又抓得到谁?"

不过,后来在大家全力防卫之下,社区里的流浪狗倒真的是越来越少,只偶尔零星地出现两三只,也就构不成什么威胁了。

"老黄"应该就是其中的一只。它开始只是在东家或西家的门口安静地站一站,摇着尾巴要点儿东西吃。后来和中间巷子C妈妈家养的黑狗"快乐"有了交情，就总在快乐吃饭的时间里准时出现，C妈妈心软，就会多喂它一些。平常老黄好像是隐退在什么角落里，不吵也不闹的，社区里的邻居也就睁一眼闭一眼了。

寒假，我女儿在家，常常往C妈妈家去逗快乐玩，玩着玩着，老黄就出现了。它其实长得很可爱，一身蓬松的黄毛，两只又黑又深情的眼睛，紧紧注视着你。这下就把我女儿的心给抓住了，有事没事就会从家里拿点东西去喂它。有时候晚上从台北回来，她还会从书包里变出一条温热的热狗，先不进家门，非要去给快乐和老黄吃点宵夜不可。

快乐是家犬，有它自己的责任，走不开，最多只是在它家门口陪我们女儿玩玩而已。老黄可不同，它是自由身，所以宵夜吃完之后，这只满心感激的狗就开始睡到我们家门口来了。

我们家院子很小，家里又有两只老泰国猫和一只年轻力壮的大黄猫，已经够热闹了，我可不想再收留一条莫名其妙的流浪狗，所以就常常赶它走。它也很知趣，只要我一出现，马上安静地夹着尾巴走开了，一直要等到晚上女儿回来，它才又假装着忘记了似的，兴高采烈地跟着跑过来。

我拿它没什么办法。这只狗好像知道我并不是真的不喜欢它,只是不能随便收留它而已。于是,一方面小心翼翼地尽量不触怒我,一方面它也在安全距离之外静静地观察着我们这一家的生活。

春天来了。太阳好的时候,三只猫都会闹着要出去,好在,它们也只是在近处走走,只要我们一开口呼叫,这三只胖猫都会乖乖地走回来。

听说老黄对社区里的野猫深恶痛绝,总是会吠叫追赶绝不容情,可是对我们家这三只猫在草地树丛间的散步,却一点儿也不表示意见,只远远地蹲伏在墙角,冷眼旁观。

有天早上,丈夫赶着要去学校上课,放出去的老猫都叫回来了,独独还有那只年轻的大黄猫不见踪影。

家里没人,上课时间又快到了,丈夫有点儿着急,一眼看见老黄跟在身后好像很关心的样子,灵机一动,就转身对它发出指令:

"猫咪!去找猫咪!"

我们家老爷本来是抱着姑且一试的心情,想不到,指令刚下,老黄马上开始在草丛和花池间嗅闻起来,然后就对着屋子后面的方向,像箭矢一样飞奔前行。(我们后来都猜想,在那个时候,它一定在心里暗暗欢呼:"好啊!机会终于来了!")五秒钟之后,就从那片邻近沼泽边缘的荒地上,草长得最深最密的地方把大黄猫赶了出来。

大黄猫并不情愿，所以，老黄几乎是以牧羊犬的身段和技术，左驱右赶地把猫咪赶进家门，然后，它就很知进退地守在门外一尺的地方，一面向我丈夫摇尾示意，一面还微微地喘着气。

丈夫后来对我说，他就是从那一刻开始，深深地爱上了老黄的。

那几天我刚好出国。等我回来，老黄已经洗好澡，打好预防针，戴好了项圈，微笑着坐在大门口了。

丈夫说：

"它好可怜，医生推测应该有五岁，可是恐怕从来也没人照顾过它，身上连小狗时的乳毛还在，真不知道它这五年的日子是怎么混过来的。"

好一出"苦儿流浪记"！也许就是这样的五年，才造就出这么一只既懂得察言观色，又能够把握机会的狗儿来的吧。

如今，老黄已经在我们家住了三年，可是，每次去看兽医的时候，我还是常常向医生解释说这是我们收养的"流浪狗"。女儿有一次纠正我，不应该再把它看待成流浪狗，它应该早就是我们的家犬了。

可是，我想，我这样的称呼也许有点儿道理。一方面是因为它五岁之前的生活状况也许会影响它的健康，有必要向医生说明；而另外，我心里确实是有点儿尊敬它的意思。

这是一只流浪了多年的小狗，终于凭借着自己的努力得到了一处还算温暖的栖身之地。它是比所谓的家犬还要更好上那么一点儿的吧，对不对，老黄？

老人和鸟儿
贾平凹

这个山城,在两年前的一场洪水里被淹了,三天后水一退,一条南大街便再没有存在。这使山城的老年人好不伤心,以为是什么灭绝的先兆,有的就从此害了要命的恐慌病儿。

但是,南大街很快又重建起来,已经撑起了高高的两排大楼,而且继续在延长街道,远远的地方吊塔就衬在云空,隐隐约约的马达声一侧耳就听见了。

新楼前都栽了白杨,一到春天就猛地往上抽枝。夜里,愈显得分明,白亮亮的,像冲天射出的光柱。鸟儿都飞来了,在树上跳来跳去地鸣叫,最高的那棵白杨梢上,就有了一个窠。从此,一只鸟儿欢乐了一棵树,一棵树又精神了整个大楼。

老人躺在树梢上的那个窗口内的床上。长年那么躺着,窗子就一直开着;一抬头,就看见远处的吊塔,心里便想起往日南大街的平房,免不了咒骂一通洪水。

老人在洪水后得了恐慌病儿,住在楼上后不久就瘫了。

他睡在床上,看不到地面,也看不到更高的天,窗口给他固定了一个四方空白。他就唠叨楼房如何如何不好:高处不耐寒,也不耐热。儿女们却不同意,他们庆幸这场洪水,终于有了漂亮的楼房居住。他们在玻璃窗上挂上手织的纱帘,在阳台上栽培美丽的花朵,阳光从门里进来可以暖烘烘地照着他们的身子,皮鞋在水泥板地面上走着,笃笃笃地响,浑身就有了十二分的精神。

"别轻狂,那场水是先兆,还会有大水呢。"老人说。

"不怕的!水还能淹上这么高吗?"

"这个山城要灭绝的……"

儿女们说不过他,瞧着他可怜,也不愿和他争吵。每天下班回来,就给他买好多好吃的、好穿的,但一放下,就不愿意守在他床前听他发唠叨。

"我要死了。"他总要这么说。

"爸爸!"儿女们听见了,赶忙把他制止住。

"是这场洪水逼死了我啊!"

有一天,他突然听到一种叫声,一种很好听的叫声。什么在叫,在什么地方叫?他从窗口看不到。

这叫声天天被老人听到,他感到越发恐慌,一天天消瘦下去,眼眶已经陷得很可怕了。

"爸爸,你怎么啦,需要什么吗?"儿女们问。

叫声又起了,嚁儿嚁儿的。

"那是什么在叫?"

儿女们趴在窗口,就在离窗口下三米远的地方,那棵白杨树梢下的鸟窠里,一只红嘴鸟儿一边理着羽毛,一边快活地叫着。

"是鸟儿。"

"我要鸟儿。"

"要鸟儿?"

儿女们面面相觑,不知道该怎么办。

"我要鸟儿。"老人在说。

儿女们为了满足老人,只好下楼去捉那鸟儿。但杨树梢太细,不能爬上去。他们给老人买了一台收音机。

"我要鸟儿。"老人只是固执。

有一天,鸟儿突然飞到窗台上,老人看见了,大声叫着,但儿女们都上班去了,鸟儿在那里叫了几声,飞走了。

老人把这事说给了儿女,儿女们就在窗台放上一把谷子,安了小箩筐,诱着鸟儿来吃。那鸟儿后来果然就来了,儿女们一拉撑杆儿,鸟儿被罩在箩筐里。

他们做了一个精巧的笼子,把鸟儿放进去,挂在老人的床边。

那个窗口从此就关上了。老人再不愿意看见那高高的吊塔，终日和鸟儿做伴，给鸟儿吃很好的谷子，喝清净的凉水，咒骂着洪水给鸟儿听。鸟儿在笼子里一刻也不能安分，使劲地飞动、鸣叫。老人却高兴了，儿女们回来便给讲了好多他童年的故事。

一天夜里，风雨大作，老人的恐慌病儿又犯了，彻夜不敢合眼，以为大的灾难又来了。天明起来，一切又都平静了，什么都不曾损失，只是那个杨树上的鸟窠，好久没有鸟去编织，掉在地上无声息了。

老人的病好些了，还是躺在床上，不住地用树枝拨弄笼中的鸟儿。

"叫呀，叫呀！"

鸟儿已经叫得嘶哑了，还在叫着。儿女们却庆幸这只鸟儿给老人带来了欢乐。

生活的艺术

生活之艺术

周作人

契诃夫（Tshekhob）书简集中有一节道（那时他在爱珲附近旅行）："我请一个中国人到酒店里喝烧酒，他在未饮之前举杯向着我和酒店主人及伙计们，说道'请'。这是中国的礼节。他并不像我们那样的一饮而尽，却是一口一口地啜，每啜一口，吃一点东西；随后给我几个中国铜钱，表示感谢之意。这是一种怪有礼的民族。……"

一口一口地啜，这的确是中国仅存的饮酒的艺术：干杯者不能知酒味，泥醉者不能知微醺之味。中国人对于饮食还知道一点享用之术，但是一般的生活之艺术却早已失传了。中国生活的方式现在只是两个极端，非禁欲即是纵欲，非连酒字都不准说即是浸身在酒槽里，二者互相反动，各益增长，而其结果则是同样的污糟。动物的生活本有自然的调节，中国在千年以前文化发达，一时颇有臻于灵肉一致之象，后来为禁欲思想所战胜，变成现在这样的生活，无自由、无节制，一切在礼教的面具底下实行迫压与放恣，实在所谓礼者早已消灭无存了。

生活不是很容易的事。动物那样的,自然地简易地生活,是其一法;把生活当作一种艺术,微妙地美地生活,又是一法:二者之外别无道路,有之则是禽兽之下的乱调的生活了。生活之艺术只在禁欲与纵欲的调和。蔼理斯[1]对于这个问题很有精到的意见,他排斥宗教的禁欲主义,但以为禁欲亦是人性的一面;欢乐与节制二者并存,且不相反而实相成。人有禁欲的倾向,即所以防欢乐的过量,并即以增欢乐的程度。他在《圣芳济与其他》一篇论文中曾说道:"有人以此二者(即禁欲与耽溺)之一为其生活之唯一目的者,其人将在尚未生活之前早已死了。有人先将其一(耽溺)推至极端,再转而之他,其人才真能了解人生是什么,日后将被记念为模范的高僧。但是始终尊重这二重理想者,那才是知生活法的明智的大师。……一切生活是一个建设与破坏,一个取进与付出,一个永远的构成作用与分解作用的循环。要正当地生活,我们须得模仿大自然的豪华与严肃。"他又说过:"生活之艺术,其方法只在于微妙地混和取与舍二者而已。"更是简明地说出这个意思来了。

---

[1] 即蔼理士。蔼理士(1859—1939),英国科学家、思想家、作家和文学评论家。从生物学和心理学的基础上,对人类两性关系进行科学研究的先驱者。

生活之艺术这个名词，用中国固有的字来说便是所谓礼。斯谛耳博士在《仪礼》序上说："礼节并不单是一套仪式，空虚无用，如后世所沿袭者。这是用以养成自制与整饬的动作习惯，唯有能领解万物感受一切之心的人才有这样安详的容止。"从前听说辜鸿铭先生批评英文《礼记》译名的不妥当，以为"礼"不是 Rite 而是 Art，当时觉得有点乖僻，其实却是对的，不过这是指本来的礼，后来的礼仪礼教都是堕落了的东西，不足当这个称呼了。中国的礼早已丧失，只有如上文所说，还略存于茶酒之间而已。去年有西人反对上海禁娼，以为妓院是中国文化所在的地方，这句话的确难免有点荒谬，但仔细想来也不无若干理由。我们不必拉扯唐代的官妓、希腊的"女友"（Hetaira）的韵事来作辩护，只想起某外人的警句："中国挟妓如西洋的求婚，中国娶妻如西洋的宿娼"，或者不能不感到《爱之术》（Ars Amasoria）真是只存在草野之间了。我们并不同某西人那样要保存妓院，只觉得在有些怪论里边，也常有真实存在罢了。

中国现在所切要的是一种新的自由与新的节制，去建造中国的新文明，也就是复兴千年前的旧文明，也就是与西方文化的基础之希腊文明相合一了。这些话或者说的太大太高了，但据我想舍此中国别无得救之道，宋以来的道学家的禁欲主义总是无用的了，因为这只足以助成纵欲而不能收调节之功。其实这生活的艺术在有礼节重中庸的中国本来不是什么新奇的事物，如《中庸》的起头说："天命之谓性，率性之谓道，修道之谓教。"照我的解说即是很明白的这种主张。不过后代的人都只拿去讲章旨节旨，没有人实行罢了。我不是说半部《中庸》可以济世，但以表示中国可以了解这个思想。日本虽然也很受到宋学的影响，生活上却可以说是承受平安朝的系统，还有许多唐代的流风余韵，因此了解生活之艺术也更是容易。在许多风俗上日本的确保存这艺术的色彩，为我们中国人所不及，但由道学家看来，或者这正是他们的缺点也未可知吧。

他

郭沫若

近来欧西文艺界中，短篇小说很流行。有短至十二三行的。不知道我这一篇也有小说的价值么？

天色已晚，他往街上买柴去了。

回来的时候，他在街道上看见那位二八的月娥，披着件缟素的衣裳，好像是新出浴的一般，笑向着他；月娥旁边还有许多的明眸，也在向他目礼。他默默地望着他们叹道：啊，光呀！爱呀！我要怎么样才能够修积得到呀？修积得到的人真是幸福呀……

——喔，K君！你往哪儿去来？

招呼他的人是他的同学N君。他从 mantle[①] 底下露出一个柴来示N，说道：你又遇着我买柴！N笑。他也笑。他问N，你要往哪儿去？

——往Y君处去耍。你不同去么？

——不，抱起柴拜客？

---

① 披风。

——你不往那儿去耍么?

——不,我要回去了。

他们在H神社分了手,他又默诵起他自家的诗来。

生命的价值与价格

王统照

评定生命的价值,可以从我们的两句老话里得一个有力的反证,"死有重于泰山,有轻于鸿毛"。

在人生的平衡上称量生命的分量,判分价目之不同,似是公正交易的办法,但可惜没有定准。沙丁鱼在清水里快活纵跃时是一种分量,抽剔肠肚,调以油盐,不但分量有异,而且还掺入或减去多少成分。在晴空云层里的银鸽,羽毛光泽,活泼泼地,与经过火烹油炸后,在菜盘里供主客脔割时,其生命的价值前后有多少差异。

由时间、空间而来的变化已难说清,何况是价值与价格。经济理论上争辩得颇热闹的是物之值。

物(人也在内),就其本身论值,原有时间、空间——因地因时的不同,何况是驱迫携带到市场中去。供给、需要既有种种变动,清新、臭腐,又须认明本物(还是,人也在内)之质的良否。就"卑之无甚高论"来论生命的"价值",已经使精于计算者有"望洋"之叹。

没法，借正、反、合的试例，取重于生命的对面——死：由死证生命之价诚然直截了当，掺不得丝毫做作。

泰山鸿毛之喻当然是抬高一层，论及"价值"——生命必有待反证而定"价值"已觉可悲，但遮拨计执，这明是无可奈何的人间事，自不必泪眼低眉不敢正看平衡上的准星。

这里还引用一句老话"有所为与无所为"，便可转解"值得"或"不值得"。有所为不但是"有猷，有为，有守"；而且从究竟处说，便是不得不为不能不为更进一步解。作为之则生不为则死亦非过甚其辞。（当然，为毁人害己、为你死我活、为私欲野心的图谋，一切一切俱可完了，俱不计较。像这样不是此处所写的"有所为"的正解。）"无所为"呢？本无用为，无可为，如必鲁莽从事，一定力竭声嘶，毁灭了自己。不讲因果，但释情理，强"无所为"而"必为"，这便要用生命作赌本，鞭、笞、绳、索，还得加上念念有词的咒语、魔术、威逼、言诱，集合起肉体的生命群去碰碰市场上的"价格"，正如交易所中的风潮，本是空心喊价，色厉气促，拍价板几个起落之后，"价格"惨落（能说得上是"价值"吗？），真变作生命的"空头"。血淋淋地驱出与血淋淋地抬进，即向高处说一句不过是"轻于鸿毛"。

同是有生命的人类，我们岂忍心下此批判！投机者的野心与操纵，把多少原有其自然"价值"的生命向市场上做廉价拍卖。在他们的一握中，到底曾觉得有几许重量？

"无所为"的生命"价格"（能说得上是"价值"吗？）的惨跌，即在不得不为不能不为的对手——他们有热情勇敢，甘心重造生命"价值"的纪录——目睹心伤，也为多少生命洒一掬同情的热泪！

但为保持"有所为"的生命真价，却更要勇往直前把投机者的颤手折回。这样，岂止永久保持住自己的生命"价值"，同时更使握在投机者手中的生命群逃出市场，不再见其"价格"的惨落，而回复其人的本位"原值"。

中国文章

废名

中国文章里简直没有厌世派的文章,这是很可惜的事。我这话虽然说得有点儿游戏,却也是认真的话。我说厌世,并不是叫人去学三闾大夫葬于江鱼之腹中,那倒容易有热中的危险,至少要发狂,我们岂可轻易喝彩。我读了外国人的文章,好比徐志摩所佩服的英国哈代的小说,总觉得那些文章里写风景真是写得美丽,也格外的有乡土的色彩,因此我尝戏言,大凡厌世诗人一定很安乐,至少他是冷静的,真的,他描写一番景物给我们看了。我从前写了一首诗,题目为《梦》,诗云:

> 我在女子的梦里写了一个善字,
> 我在男子的梦里写了一个美字,
> 厌世诗人我画一幅好看的山水,
> 小孩子我替他画一个世界。

我喜读莎士比亚的戏剧,喜读哈代的小说,喜读俄国梭罗古勃的小说，他们的文章里都有中国文章所没有的美丽，简单一句，中国文章里没有外国人的厌世观。中国人生在世，确乎是重实际，少理想，更不喜欢思索那"死"，因此不但生活上就在文艺里也多是凝滞的空气，好像大家缺少一个公共的花园似的。延陵季子挂剑空垅的故事，我以为不如伯牙钟子期的故事美。嵇康就命顾日影弹琴，同李斯临刑叹不得复牵黄犬出上蔡东门，未免都哀而伤。朝云暮雨尚不失为一篇故事，若后世才子动不动"楚襄王，赴高唐"，毋乃太鄙乎。李商隐诗，"微生尽恋人间乐，只有襄王忆梦中"，这个意思很难得。中国人的思想大约都是"此间乐，不思蜀"，或者就因为这个原故在文章里乃失却一份美丽了。我尝想，中国后来如果不是受了一点儿佛教影响，文艺里的空气恐怕更陈腐，文章里恐怕更要损失好些好看的字面。我读中国文章是读外国文章之后再回头来读的，我读庾信是因为读了杜甫，那时我正是读了英国哈代的小说之后，读庾信文章，觉得中国文字真可以写好些美丽的东西，"草无忘忧之意，花无长乐之心""霜随柳白，月逐坟圆"，都令我喜悦。"月逐坟圆"这一句，我直觉地感得中国难得有第二人这么写。杜甫咏明妃诗对得一句"独留青冢向黄昏"，大约是从庾信学来的，却没有庾信写得自然了。中国诗人善写景物，关于

"坟"没有什么好的诗句，求之六朝岂易得，去矣千秋不足论也。

庾信"谢明皇帝丝布等启"，篇末云"物受其生，于天不谢"，又可谓中国文章里绝无而仅有的句子。如此应酬文章写得如此美丽，如此见性情。

麻雀
陆蠡

小麻雀燕居屋檐底下，在旁有慈爱的母亲，窝中干燥而温暖。他日常所吃的，有金黄的谷粒，棕红的小麦，肥白的虫，和青绿的菜叶。

然而终于烦腻起来。遗传的轻薄，佻侻，躁急喜功的毒素，在他的血液中回转，好像被压缩的弹簧，他感到力的拳曲，生命的发酵，他想奋首疾飞，即使像鹰隼那样的猛健，他似乎也不难和它搏击。

他从檐底下望见半圆的天，望见葱郁的林木，望见映在池塘里闪烁的阳光，于是他幻想在高远的蓝天中飞鸣的快乐，想到如何到水边梳剔他的毛羽，如何在阳光底下展开他的翅膀，让太阳一直晒到他的胸际。他幻想自由，光明，他主意渐渐坚决起来。

一夜，他听见屋瓦摇摇欲坠的飒飒的声音。

"这是什么？"他问。

"风，会吹得你浑身乏力的。"母亲的回答。

"我喜欢风，我蜷伏得腻了。"

一夜，他听见淅淅沥沥欲断还续的声音。

"这是什么？"

"雨，会淋湿你的羽毛，使你周身沉重的。"

"我喜欢雨，这里永远的干燥使我腻了。"

一个早晨，他从半圆的檐缝中望见白色的原野和弥漫天空的毛片。

"这是什么？"

"雪，会冻得你发僵。并且最可怕的，是掩住了一切的丘陵、原野、田地，使我们找不到金黄的谷粒，红棕的麦，肥的虫和绿的菜叶。"

"我喜欢雪。这里永久的温和使我腻了。"

轻佻的，好大喜言的，不自量力的遗传的毒素，在他的血液中回流着。还有一种神秘的力推动着他，他要追求伴侣，恋爱，虚荣。

终于在母雀的泪中，飞出檐下来了。

外间有许多的朋友，鹩鹩，鹁鸪，竹鸡，知更雀。

他们都向新来的贵宾问讯，致了不少的殷勤。他们立时成了知心的朋友。

他们于是交换了许多意见，关于谋鸟类幸福的意见。他们都是为了别鸟的幸福而生活的,都是年轻、热情、激昂、迈进,说着服务、牺牲……麻雀把这意见都接受了。

于是不久他便熟悉了这许多的名词。他很快地取得他们的信仰。他会飞,会跳,会唱,会谈天,会批评,会发表意见,他自诩出身是布尔乔亚,但来的是为求大众的利益,鸟类的利益,他自己抛弃了温暖的窝,香美的食,来受寒受苦,是为了大众的利益。

他是为了大众而生活的了。

大家都信以为真的。

侣伴中他暗暗爱上了鹪鹩,她是纤巧可爱的。他向她表示爱,他向她夸张,说出自己的身份,说是他抛弃了美的窝,香美的食,来受寒受苦,都是为想要占有她。他愿意为她牺牲,只要能予他以生命的烈火。

鹪鹩信以为真,便允许了。

不久他又结识了黄雀,她是更活泼而美。于是他又把前番的话,向黄雀重说一番。

黄雀也信以为真,便允许了。

他是为了大众,又为了爱而生活的了。

天是有晴晦的。

一天,起风了。他于是觉得翅膀的无力。即使站在两足上,也摇摇不定，无力支持了。同时没有吃黄色的谷粒，棕红的麦，肥白的虫，身躯是消瘦了。

一天，下雨了。他于是初次感到羽毛的沉重，简直寸步难移了。遗传的畏缩、蒠怯，在他的血液中回转着，他想起了家。那儿有他的母亲等着，那儿有干燥的窝，黄的谷粒，肥的虫，但是他浑身沉重，饶饶不休的舌也冻住了。他望着可羡的屋檐，但是廊下与檐头的间隔，竟是弱水三千，非仙可渡了。

不等天气放晴，复飘下片片的白雪来。寒冷更加寒冷，雪花不能充饥，原野上满是白色的茵褥，遮住一切的麦粒，冰死肥白的虫，青的菜。

檐前与廊间的距离因茫茫的雪色更长了。

小雀的意识渐渐渺茫起来，虽则似在怀念着慈爱的母亲，温暖的窝，甘美的食物。此时即使他的母亲出来，也已迟了。

诗人从外套中伸出头来，看见小麻雀，瞥了一眼，回到桌上，写了一首不相干的诗：

　　三只小麻雀，
　　滚在麦田里。
　　叽里复咕噜，

咕噜复叽里；
举世无此欢,
喧声腾林际。

朝来飞且食,
午间食且飞；
胃小口偏大,
心贪食又余,
矢橛遍地洒,
罗布如星棋。

午际鸣且食,
午后食不鸣；
薄暮不鸣食,
喑哑不闻声；
嗉囊如斗大,
巨腹似鹌鹑。

次晨人过处,
怜此数小禽；
两锄半抔土,

> 一窟葬三生。
>
> 瘗罢携锄去，
>
> 秋稼将收成。

诗中的时令，地点，连麻雀的只数都不对，但是有人说诗做得很好，把它选在诗集中，这不是诗人的错误，因为一般的麻雀，都是胀死的，而这因为了大众的利益和爱的生活而冻饿死的，确是例外。

胖子和瘦子

冯骥才

这城里,胖子和瘦子是一对朋友。一个胖得出奇,一个瘦得惊人。这胖子等于瘦子四个左右。

那时,胖子走红运。当官儿必须是胖子,画家专画胖子,女人也要挑胖男人做丈夫。人人说胖子块头足,身壮力不亏,能显出真正男人气。于是就出现了愈胖愈好的趋势。这位本城最胖的胖子就受到格外重视,人们都向他讨教胖身术。他的照片、言论、轶事,到处被争抢刊载。其中他的两句发胖经验:"多吃多睡,动不如静",被全城人当作口头禅与座右铭。照这两句话去做,果真见效!本城的胖子就愈来愈多,但一时胖不起来而鼓腮挺肚、假装胖子的也不乏其人。一次,胖子被一群记者纠缠住,非请他说一说发胖的秘诀不可。他信口说一句:"要衣松带宽!"当日全城加肥衣服就被抢购一空。各种腰带又滞销了。此刻,任何有能耐的大导演、演员、球星、发明家、魔术大师、特异功能者,都压不过胖子的名气。

某日，胖子兴致勃勃地去找老朋友瘦子。他见瘦子依旧细骨伶仃，便伸出肉磙儿一般的食指直指瘦子的肋巴骨说：

"现在城里人人都学我，你是我的好朋友，为什么反不学我？天下还有比你更瘦的人吗？"

瘦子淡淡一笑，颇为自负地说：

"别看你一时走红，等你过了劲儿，就该轮到我了。不信，走着瞧吧！"

过一年，真有了变化。不知哪来一种说法：人胖，发喘，出汗，行动不便，脂肪囤积多，容易患心血管病，有百害而无一利。当人们对一种东西的好奇与兴致渐渐淡了，相反的东西就现出魅力。这说法即刻像一阵风吹遍全城，跟着，有人在报纸上发表整版一篇文章，曰《瘦子好！》，文章扬瘦抑胖，议论周密，又十分有理。他说，瘦子灵便，体轻，占用空间小，不易患心血管病。据统计，长寿的人中，98%是瘦子，1%是不胖不瘦的，只有一个胖子，看来胖子长命纯属偶然。

自此，人们又开始关心"瘦身法"了，那个一直被世人遗忘的瘦子，终于被人们当作一件稀世的宝贝发现了。瘦子的经验刚好与胖子的相反。他要人们：节食，素食，少吃糖，不喝啤酒，早起打拳，饭后散步，生命在于运动……于是，原先写文章称颂胖子的那些人,又笔锋一转,纷纷撰文,引经据典,有理有据,证实瘦子的经验是如何宝贵、可靠和正确,并赞美瘦子是"当代人最佳体重""最符合时代要求的体重""典型形象"等等。报刊上有关胖子的报道一下子不见了。瘦子像片羽毛,一阵风,上了天。他的照片、轶事、经验、趣闻、言论、访问记、报告文学,像漫天飞花,风靡一时。

这天,瘦子在街上遇见胖子。胖子被冷落了,灰头灰脑,他感慨地对瘦子说:

"当初你的话还真说对了,早该听你的话,提早设法变瘦,如今一下子很难瘦下去!"

瘦子听了,摇了摇他干树枝般的手指说:

"不!你应该保持这样,说不定哪天又时兴胖子了!"

吹泡泡
高晓声

某国有一位学者,应邀去邻国讲学。他的一位做生意的朋友知道了,赶来央求他说:"请你替我带一个雇员去吧,只要你答应,他在旅途中可以无微不至地照顾你,做到形影不离。而且,你旅行的费用,也由我们公司供给。"

学者听了,自然很愿意。但又怕这太优惠的条件,藏着什么阴谋,所以先要弄清楚。他问道:"你们的雇员跟我去做什么呢?不会是搞特务活动的吧?"

朋友拍拍胸脯保证说:"绝对不,这和政治没有一丝一毫的关系,他只是去替我们公司做广告,推销商品,我们是老朋友了,难道还会骗你,出你的洋相吗?"

于是那位学者答应了。

那位雇员确实是一个极可爱的人,年轻、聪明、健康而和气,他的胸部非常发达,似乎经过特别训练,像一个双、单杠或游泳运动员。他一路上照顾学者,殷勤而周到,饮食起居,料理得十分妥帖;行李包裹,上车、下车,全由他提携，不费学者一点力气，而他自己，倒只带了一只分量不重的皮箱，据说里面装的就是商品广告。他只要把这些广告散发掉，任务就算完成。所以，这一趟旅行，有了他，学者是够轻松愉快的了。

这位雇员的确自始至终执行了学者的朋友的指令，真正做到了形影不离。学者开始高兴、愉快，但一到达邻国，刚走出机舱，学者就开始吃惊，继而觉得难堪，然后是尴尬、气恼、愤怒，直到最后，终于无可奈何，只得忍气吞声，甘拜下风。

原来，雇员带来的那只箱子里，装满了无数没有充气的塑料泡。只要把塑料泡吹胀了，那泡面上就是一幅幅商品广告。雇员的任务，就是要把这无数的塑料泡一一吹胀了送人。为了吸引观众，规定不用气筒打气，一律靠嘴巴吹，所以才雇用了胸部特别发达的人员来做这件事。

当然，这位雇员不是第一次做这件事，凭经验他知道在规定时间内，他必须挤一切时间去吹才能完成任务。他怎敢怠慢，所以一出机舱，面对欢迎学者的队伍，他就吹起了泡泡……之后一路吹去，坐汽车赶路他吹，住旅馆之后他就在旅馆门口吹，同学者进餐就在餐厅吹，学者在讲演他就在讲堂外面吹，他做出的效果欢快而热烈，把神圣的讲坛都冷落了。学者一再干预,他全不理睬,最多也只是笑嘻嘻地回答说:"我要完成合同呀。你看我吹!"

学者毫无办法,只好说:"你完成合同,何必跟着我呢,可以到别的地方去吹嘛!"

"合同上规定要跟着你的呀!"

"为什么?"

"你是学者,跟着你吹,容易使人相信,效果特好。"

于是学者默然。原来他自己也成了广告的一部分,而且主角竟还不是他,是那个吹泡泡的,他还不及吹泡泡的呢!

本书作者名录

画家

徐悲鸿（1895—1953）：原名徐寿康。江苏宜兴人。中国画家、美术教育家。曾留学法国，抗日战争期间在法国卖画救济祖国难民，并参加民主运动。中华人民共和国成立后任中央美术学院院长、中华全国美术工作者协会主席。绘画创作上，提倡"尽精微，致广大"；对中国画，主张"古法之佳者守之，垂绝者继之，不佳者改之，未足者增之，西方绘画可采入者融之"。擅油画、国画，尤精素描，融合中西技法，而自成面貌。人物画注重写实，神韵精妙；历史画寓意深刻。所画花鸟、风景、走兽，明快有生气，尤以画马著称。有《中国画改良论》等论文，后辑为《徐悲鸿美术文集》，并有油画、彩墨画、素描等画集多种。

作家

（按出生日期排序）

鲁迅（1881—1936）：原名周樟寿，后改名周树人，字豫才。浙江绍兴人。文学家、思想家、革命家。其主要成就包括杂文，短中篇小说，文学、思想和社会评论，古代典籍校勘与翻译等。原学医，后弃医从文，成为作家和民主战士。代表作品有中篇小说《阿Q正传》，杂文集《二心集》《华盖集》等。

周作人（1885—1967）：鲁迅之弟，周建人之兄，原名周櫆寿。浙江绍兴人。散文家、翻译家。历任国立北京大学教授、燕京大学新文学系主任，担任"新潮社"主任编辑，同时也是"文学研究会"的发起人之一。著有散文集《自己的园地》《雨天的书》等，译有《日本狂言选》《伊索寓言》等。

夏丏尊（1886—1946）：原名夏铸，字勉旃，后改字丏尊，号闷庵。浙江上虞人。著名作家、出版家。提倡人格教育和爱的教育。曾与陈望道、刘大白、李次九等人一起积极支持新文化运动，推行革新语文教育，被称为第一师范的"四大金刚"。著有散文集《平屋杂文》。

郭沫若（1892—1978）：原名郭开贞，笔名郭鼎堂等，号尚武，乳名文豹。四川乐山人。作家、诗人、历史学家、考古学家、古文字学家、社会活动家。1921年发表中国第一本新诗集《女神》，1930年撰写了《中国古代社会研究》。1949年当选为中华全国文学艺术会主席。有诗作《女神》《凤凰涅槃》，剧作《棠棣之花》《屈原》《蔡文姬》等。

许地山（1893—1941）：名赞堃，字地山，笔名落华生。原籍台湾台南，寄籍福建龙溪（今福建漳州）。中国现代著名小说家、散文家，文学研究会发起人之一，五四时期新文化运动先驱之一。作品多以闽、台、粤和东南亚、印度为背景，表现出爱国主义和民主主义倾向，并带有宗教意识和浪漫色彩，后期作品趋于写实。主要著作有《危巢坠简》《空山灵雨》《中国道教史（上卷）》等。

郁达夫（1896—1945）：原名郁文，字达夫，作家。浙江富阳人。早年留学日本，后回国从事创作，是新文学团体"创造社"的发起人之一，为抗日救国而殉难。早期小说大多表现五四青年的爱国情绪、社会遭遇和内心忧郁，对封建道德礼教作大胆挑战，情调感伤激愤。20世纪30年代后则以散文、游记创作为主，文风趋于清隽洒脱。

代表作品有小说《沉沦》《春风沉醉的晚上》《迟桂花》等,有《郁达夫全集》行世。

徐志摩(1896—1931):原名徐章垿,初字槱森,后改字志摩。浙江海宁人。新月派代表诗人、散文家。深受西方教育的熏陶,亦受欧美浪漫主义和唯美派诗人的影响,形成了浪漫主义诗风。诗作纤浓委婉,大多咏叹爱情与梦幻,对新诗的发展产生了重要影响。有诗集《志摩的诗》《翡冷翠的一夜》《云游》,散文集《落叶》《巴黎的鳞爪》《秋》,小说集《轮盘》等。

王统照(1897—1957):字剑三。山东诸城人。现代作家、诗人,文学研究会发起人之一。五四时期的作品主要表现"美"与"爱"的理想同丑恶现实的矛盾,其后的创作则着重揭露旧社会的不合理与罪恶。著有诗集《童心》《这时代》《横吹集》,小说集《春雨之夜》和中长篇小说《一叶》《黄昏》《山雨》。

朱自清(1898—1948):原名朱自华,号秋实,字佩弦。江苏扬州人,原籍浙江绍兴。散文家、诗人、古典文学研究家。1920年毕业于北京大学,后任清华大学、昆明西南联合大学等校教授,并致力于学术研究。抗日战争结束后，积极支持学生运动。1948年8月在《抗议美国扶日政策并拒绝领取美援面粉宣言》上签字，不久因贫病在北平逝世。著有诗文集《踪迹》，散文集《背影》《欧游杂记》，文艺论著《诗言志辨》《论雅俗共赏》等。

郑振铎（1898—1958）：笔名西谛、郭源新。作家、文学史家。福建长乐人。五四时期曾与瞿秋白等合编《新社会》。1921年与茅盾、王统照等组织文学研究会。1923年后主编《小说月报》。1931年起历任燕京大学、暨南大学等校教授，致力于学术研究，主编《文学季刊》《世界文库》。抗日战争期间留居上海，坚持进步文化工作。著有短篇小说集《取火者的逮捕》，学术著作《插图本中国文学史》《中国俗文学史》等。

庐隐（1899—1934）：原名黄淑仪，又名黄英，福建闽侯人，与冰心、林徽因并称为"福州三大才女"。作品注重表现底层人民生活苦难，提倡人道主义，文笔流利哀伤。著有短篇小说集《海滨故人》《曼丽》，中篇小说《象牙戒指》等。

老舍（1899—1966）：原名舒庆春，字舍予，北京人，满族。是中华人民共和国成立后第一位获得"人民艺术家"称号的作家，被称为"语言大师"。著述丰富，善于刻画市民阶层的生活和心理，同时也着力表现时代前进的步伐，文笔生动、幽默，富有浓郁的地方色彩。主要作品有小说《猫城记》《离婚》《牛天赐传》《四世同堂》《正红旗下》等，剧本《茶馆》《龙须沟》等。

鲁彦（1901—1944）：原名王衡，又名王返我，字忘我。浙江镇海（今宁波市镇海区）人。著名乡土小说家、翻译家，长期从事教育和编辑工作。作品多取材于乡村生活，反映旧中国的悲惨现实与世态炎凉。著有短篇小说集《柚子》《黄金》《童年的悲哀》，长篇小说《愤怒的乡村》等。

废名（1901—1967）：原名冯文炳，字蕴仲。湖北黄梅人，作家。曾为语丝社成员，师从周作人，被视为"京派文学"的鼻祖。小说以"散文化"闻名，大多描写故乡的农村生活，将六朝文、唐诗、宋词以及现代派等观念融为一体，意境恬淡。著有短篇小说集《竹林的故事》《桃园》《枣》，长篇小说《桥》《莫须有先生传》等。

石评梅（1902—1928）：原名石汝璧，常用笔名评梅、林娜、漱雪、波微等。山西阳泉人。近现代女作家，"民国四大才女"之一。曾创作大量诗歌、散文、游记、小说，尤以诗歌见长，有"北京著名女诗人"之誉。作品主题多为追求爱情、真理，渴望自由、光明。著有小说散文集《偶然草》《涛语》。

沈从文（1902—1988）：原名沈岳焕，字崇文。湖南凤凰人，苗族。作家、历史文物研究者。1918年小学毕业后，即随本乡地方武装在沅水流域各县生活。1922年到北京后开始文学创作。抗日战争爆发后，任教于昆明西南联合大学。抗战胜利后，任教于北京大学。其小说主要表现士兵、船夫和湘西少数民族的生活，富有人情美和风俗美。后从事历史文物以及工艺美术图案的研究工作。著有小说集《边城》《长河》，散文集《湘行散记》，学术著作《中国古代服饰研究》等。

林徽因（1904—1955）：又名徽音。福建闽侯人。中国著名建筑师、作家、诗人。青年时期在诗歌、小说、散文、话剧等领域均有著作，后专攻建筑。曾参与中华人民共和国国徽、人民英雄纪念碑的设计工作。代表作有诗作《你是人间四月天》，小说《九十九度中》，散文《窗子以外》等。

缪崇群（1907—1945）：笔名终一，江苏六合人。才华横溢，在小说以及散文领域著作颇丰，曾翻译《现代日本小品文》。作品关注小人物悲喜，清新淡雅，极富诗情画意。有散文集《晞露集》《寄健康人》等。

傅雷（1908—1966）：字怒安，号怒庵。江苏南汇（今属上海）人。翻译家、作家、教育家、美术评论家。早年于法国巴黎大学留学，回国后从事文学翻译工作，对巴尔扎克研究颇深。译作丰富，文笔细腻流畅。译有巴尔扎克长篇小说14部，罗曼·罗兰传记文学《贝多芬传》等3部和长篇小说《约翰·克利斯朵夫》等，并著有《贝多芬的作品及其精神》《傅雷家书》等。

陆蠡（1908—1942）：原名陆考源，字圣泉，笔名陆蠡，另有笔名陆敏、卢蠡、大角等。浙江天台县人。散文家、翻译家。1936年进入上海文化生活出版社工作，抗战爆发后，留在上海维持出版社运作。1942年，日军抄查出版社，陆蠡前往巡捕房交涉，遭日本宪兵队拘捕，后被杀害。有散文集《海星》《竹刀》（后改名《山溪集》）

与《囚绿记》，译有《葛莱齐拉》《罗亭》。

萧红（1911—1942）：原名张迺莹，笔名萧红、悄吟、田娣、玲玲等。黑龙江呼兰（今哈尔滨市呼兰区）人。作家。作品文笔细腻，抒情色彩浓烈，悲喜交杂，语言风格、写作视角、行文结构均十分独特，代表作有长篇小说《呼兰河传》《马伯乐》，短篇小说《小城三月》等。

穆时英（1912—1940）：浙江慈溪人。作家。所作小说移用日本新感觉派与西方现代主义的写作方法，注重描绘人物的内心感觉与瞬间意识，是当时中国"新感觉派"的代表作家，有短篇小说集《公墓》《白金的女体塑像》等。

高晓声（1928—1999）：江苏武进（今常州）人。作家。所作《李顺大造屋》《陈奂生上城》等短篇小说，深刻反映了中国农民在历史变迁中的命运。

冯骥才（1942— ）：生于天津，浙江宁波人。当代作家、画家。早年在天津从事绘画工作，后专职文学创作与民间文化研究，曾大力推动民间文化保护工作。著有大量优秀散文和小说，并有多篇文章入选中小学、大学课本，代表作有《啊！》《神鞭》《珍珠鸟》等。

席慕蓉（1943— ）：蒙古语名为穆伦·席连勃，意即大江河，"慕蓉"是"穆伦"的谐音。原籍内蒙古察哈尔部，现居台湾。诗人、散文家、知名画家。诗作柔婉兼具豪放，深邃而又温情，字句中浸润着东方哲学，透露出人生无常的苍凉韵味。有诗集《七里香》，散文集《江山有待》等。

梁晓声（1949— ）：原名梁绍生。祖籍山东荣成，出生于黑龙江哈尔滨。作家。其作品多以知青为题材，对中国当代文坛产生了很大影响。代表作有短篇小说集《天若有情》《白桦树皮灯罩》《死神》，中篇小说集《人间烟火》等。

贾平凹（1952— ）：原名贾平娃，后改为"平凹"（"凹"字取"坦途"之意）。陕西丹凤人。作家。代表作有长篇小说《浮躁》《废都》《秦腔》，中短篇小说集《天狗》等。

毕淑敏（1952— ）：祖籍山东文登，出生于新疆伊宁。作家、心理咨询师。曾在西藏阿里地区担任部队医生长达 11 年；转业后，任内科主治医师。1986 年起，开始发表文学作品，以生命和死亡为主题。代表作有处女作《昆仑殇》，长篇小说《红处方》《血玲珑》等。